Uma chance para o amor

Copyright © 2015 Eve Ortega

Título original: *Lord Dashwood Missed Out*

Todos os direitos reservados pela Editora Gutenberg. Nenhuma parte desta publicação poderá ser reproduzida, seja por meios mecânicos, eletrônicos, seja via cópia xerográfica, sem a autorização prévia da Editora.

EDITORA RESPONSÁVEL
Silvia Tocci Masini

ASSISTENTE EDITORIAL
Andresa Vidal Vilchenski

PREPARAÇÃO
Andresa Vidal Vilchenski

REVISÃO FINAL
Sabrina Inserra

CAPA
Larissa Carvalho Mazzoni (sobre imagens de Kiselev Andrey Valerevich / linagifts)

DIAGRAMAÇÃO
Larissa Carvalho Mazzoni

Dados Internacionais de Catalogação na Publicação (CIP)
Câmara Brasileira do Livro, SP, Brasil

Dare, Tessa

Uma chance para o amor / Tessa Dare ; tradução A C Reis. -- 1. ed.; 1. reimp. -- Belo Horizonte : Gutenberg, 2020. -- (Série Spindle Cove)

Título original: Lord Dashwood Missed Out

ISBN 978-85-8235-555-8

1. Ficção histórica 2. Romance norte-americano I. Título. II. Série.

18-20536	CDD-813

Índices para catálogo sistemático:
1. Romances históricos : Literatura norte-americana 813
Maria Paula C. Riyuzo - Bibliotecária - CRB-8/7639

A **GUTENBERG** É UMA EDITORA DO **GRUPO AUTÊNTICA** ⓒ

São Paulo
Av. Paulista, 2.073,
Conjunto Nacional, Horsa I
23º andar . Conj. 2310 - 2312
Cerqueira César . 01311-940
São Paulo . SP
Tel.: (55 11) 3034 4468

Belo Horizonte
Rua Carlos Turner, 420
Silveira . 31140-520
Belo Horizonte . MG
Tel.: (55 31) 3465 4500

www.editoragutenberg.com.br

Novela da Série Spindle Cove

TESSA DARE

Uma chance para o amor

1ª reimpressão

TRADUÇÃO: A C Reis

Para o Sr. Dare,
que provavelmente esqueceria o xerez,
mas sabe reconhecer quando lhe
acontece uma coisa boa.

Capítulo um

Aos 23 anos, a Srta. Elinora Browning tinha desistido dos votos de casamento. Em vez de juras a um marido, ela fez uma promessa a si mesma: nunca mais colocaria sua felicidade nas mãos de um homem insensível e desinteressado.

Infelizmente, isso não evitava que homens insensíveis e desinteressados atrapalhassem sua programação.

— Como assim, a carruagem já partiu?

— Bem, senhorita. É o seguinte... — O proprietário da estalagem coçou atrás da orelha. Suas unhas estavam quebradiças e amareladas. — A carruagem em que você deveria viajar estava aqui. Mas ela partiu faz uma hora.

— Mas por quê?

— Parece que o tempo vai piorar. Todos os outros passageiros estavam esperando, então o condutor decidiu se adiantar à tempestade. Você pode pegar a próxima.

— E quando será a próxima?

— Terça-feira.

— Terça? — Nora sentiu um peso no coração. — Meu senhor, eu preciso estar em Spindle Cove amanhã. Eu tenho um compromisso.

O homem riu.

— Se você está comprometida, por que está indo para a Enseada das Solteironas?

— Não é um compromisso do tipo matrimonial. Tenho que dar uma palestra na biblioteca local. Sou uma escritora.

Ele arregalou os olhos para ela, sem entender. Foi como se ela tivesse dito: "Sou um porco-espinho".

Nora não tinha tempo para se explicar.

– Existe algum modo de eu conseguir um transporte alternativo esta noite?

– Pode alugar uma carruagem, se tiver dinheiro.

Ela apertou a bolsa. Contratar uma carruagem particular para ir da Cantuária até Spindle Cove custaria uma pequena fortuna. Ela não levava tanto dinheiro consigo. E não seria seguro para uma mulher viajar sozinha.

– Por favor, não tem mais nenhuma carruagem viajando em direção ao oeste? Mesmo que seja para outro local.

Ele examinou a lousa empoeirada na parede.

– Talvez a senhorita esteja com sorte. Um cavalheiro está indo para Portsmouth esta noite. A carruagem ainda não está cheia, mas ele se ofereceu para comprar os espaços vazios. Vai partir a qualquer momento.

– Portsmouth deve servir, muito obrigada. Se eu puder ir com ele até Hastings, de lá posso alugar uma carruagem particular.

O estalajadeiro pegou o baú dela. Nora foi atrás dele, desviando das poças de água, enquanto o homem seguia para uma carruagem escura e velha, presa a um grupo de quatro cavalos de aparência abatida. Não se tratava exatamente de uma caleche de luxo, com brasão e veludo. Mas quando a porta foi aberta, Nora entrou sem pensar duas vezes. Afinal, cavalo dado não se olham os dentes.

Havia apenas mais uma pessoa na carruagem. Um homem, sentado na ponta do banco que ficava voltado para trás, lendo um jornal. Nora se acomodou no banco a frente dele, deixando bastante espaço para quaisquer passageiros que porventura fossem acompanhá-los.

Mal ela tinha ajeitado as saias, contudo, e a carruagem se pôs em movimento.

Assim que o veículo entrou na estrada, ela ouviu o jornal sendo dobrado. Pela primeira vez, se aventurou a olhar na direção de seu único companheiro de viagem. O brilho da tarde impossibilitou que ela conseguisse distinguir os detalhes. Mas Nora não precisava de minúcias. Aparentemente, precisava de um milagre.

Ela baixou os olhos para as próprias pernas e rezou, com os olhos arregalados. *Oh, Senhor, por favor. Não deixe que seja ele.* Mas era. Não precisava olhar duas vezes para confirmar.

O outro ocupante da carruagem era ninguém menos que George Travers, Lorde Dashwood. Nora desconfiou que era ele no instante que avistou sua silhueta.

Ela *soube* que era ele pelo modo como seu coração reagiu, disparando.

Sempre era afetada pelo tamanho dele. Lorde Dashwood tinha sido esculpido em troncos de árvores, enquanto outros homens eram entalhados em galhos.

Os ombros largos, as mãos imensas... Cada detalhe do corpo dele fazia com que se sentisse delicada de um modo que ninguém jamais tinha conseguido. Pouca gente conseguia olhar para a robusta Nora Browning, com seus cabelos de fogo, e pensar "delicada". Mas ela era, bem no fundo. Partes dela eram tecidas com fio de seda e costuradas com esperança – essas partes eram realmente frágeis.

E ali estava o homem que as tinha destruído.

Oh, Senhor, por favor. Não deixe que ele me reconheça.

Eles haviam sido vizinhos na juventude, claro. Mas Dashwood tinha passado anos no mar, e durante esse tempo Nora mudou. Não é mesmo? Havia menos sardas em suas faces. Ela tinha crescido e ganhado curvas nos lugares femininos. E apesar dos anos que ela tinha gastado em sua fixação pelas mãos poderosas ou pelo cabelo castanho dele, era improvável que Dash tivesse memorizado as feições dela.

Afinal, ele nunca havia prestado muita atenção nela.

– Nora? – A conhecida voz grossa a fez estremecer até a alma. – Srta. Nora Browning, é você?

Ela se controlou para encará-lo.

– Ora, Lorde Dashwood. Que surpresa.

E assim eles começaram um diálogo breve, educado, que de modo algum sugeria os anos que ela tinha passado sofrendo por ele, nem o modo como ele partiu, tão insensível, muito menos a maneira como Dash tinha, em uma tarde tão distante, segurado a mão dela embaixo da mesa e entrelaçado seus dedos aos de Nora.

– Eu não sabia que você tinha voltado para a Inglaterra – ela disse.

– Estou em Londres desde o final de outubro. Espero que seus pais estejam bem.

– Os dois estão com boa saúde, obrigada.

Ela não podia dizer o mesmo de si. Depois de todo aquele tempo, o rosto dele continuava perturbador de tão atraente. O estômago dela quis fugir pela janela.

O silêncio que se arrastava a incomodou. Era a vez de Nora fazer uma pergunta de cortesia, mas ela não podia questionar sobre a família dele. Dash era órfão desde garoto. Ele tinha herdado seu baronato quando ela ainda brincava com bonecas.

– Você está indo para Portsmouth? – ela resolveu perguntar.

– Estou. Vou ver um navio novo que está em construção. Sir Bertram me encarregou de comandar a nova expedição às Índias Ocidentais. E você?

– Pretendo pegar outra carruagem em Hastings. Estou indo para Spindle Cove. Uma cidade turística no litoral. Popular com certo grupo de jovens.

– Ah.

Ela virou para a janela e observou, desesperada, a tarde chuvosa. Pronto. Eles tinham conversado. Etiqueta satisfeita. Ela podia viajar em paz.

O que mais havia a ser dito? Sem dúvida ele tinha deixado para trás qualquer pensamento sobre ela quando foi embora da Inglaterra, e Nora não era nada mais para ele do que a garota Browning da casa vizinha. A irmãzinha aborrecida de Andrew. A menina de cabelo cor de cenoura com modos brutos.

Seria bom que ele não tivesse...

Oh, Senhor. Por favor. Por favor, não o deixe ter ouvido falar do manifesto.

Ele pigarreou.

– Eu soube que você desenvolveu o talento para a escrita.

Droga.

– De fato – ela respondeu lentamente. – Eu escrevi uma carta para um jornal, alguns anos atrás. Os editores gostaram tanto que a publicaram na forma de um manifesto que recebeu certa atenção.

Nora teve vontade de bater em si mesma por minimizar suas próprias realizações. Ela não tinha dito a vários grupos de jovens que fizessem o contrário? *Tenham a coragem de afirmar suas vitórias*, dizia para as mulheres.

– Eu quis dizer – ela acrescentou – que o manifesto vendeu vários exemplares. Milhares, na verdade. Mas circulou principalmente entre as mulheres. Você ficou fora durante anos, imagino que não tenha ouvido falar.

De fato, eu ficaria muito grata se você não soubesse disso.

– Ah, mas eu ouvi falar, sim – ele disse. – Aliás, parece que todas as mulheres de Londres estão falando do assunto. Assim como vários homens.

Ele deslizou pelo assento até estar quase diretamente na frente dela. No espaço apertado, as longas pernas dele pareciam estar desconfortáveis. O joelho de Dash roçou no dela.

E o tolo coração de Nora deu um salto.

Hábitos antigos nunca desaparecem.

Foi sempre assim. Dash era o lorde da casa vizinha e sempre foi admirado por toda a família Browning. Ele e o irmão dela, Andrew – que Deus o tenha –, foram bons amigos. O pai de Nora elogiava o raciocínio rápido do jovem barão. A mãe dela o cercava de atenção, como se fosse um filho adotado.

Quanto a Nora...

Ela simples e estupidamente o adorava.

Como poderia não adorar? Dash era inteligente, forte e atrevido. Não respondia a ninguém. E, por Deus, ele era lindo. Cabelos pretos como as asas de um corvo, enrolando junto ao colarinho. Olhos igualmente escuros moldurados por sobrancelhas grossas. Uma boca grande e expressiva. Além de tudo isso, uma voz que foi se tornando misteriosa enquanto ele se transformava de garoto em homem.

A morte de Andrew em um acidente de equitação devastou a família dela. Mas Dash continuou visitando Greenwillow Hall, sua casa, para estudar grego e geometria com seu pai até ir para a universidade.

Quando Dash prometeu visitá-la durante sua Temporada, Nora se deixou nutrir pela tola esperança de que seu momento tinha chegado. Finalmente ele a veria – de verdade, não como uma caipira sardenta e aborrecida, mas como uma mulher culta e sofisticada. Sua igual. E então...

E então ele se apaixonaria por ela, claro. Não, não. Então ele perceberia que, no fundo, sempre a tinha amado. Assim como ela. Essa era a fantasia verdadeira. Podia admitir para si mesma. Cortejo, casamento, filhos. Ela tinha sonhado com isso a vida toda.

Mas não havia acontecido exatamente dessa forma.

O modo como Dash a tratou naquela Temporada foi abominável por completo; fez Nora ter saudade da sensação de ser ignorada.

Alguns meses depois, ele desapareceu por completo de sua vida. Aceitou um posto em uma expedição cartográfica e deixou a Inglaterra praticamente sem se despedir. Nora se sentiu rejeitada, sem valor.

E conforme os meses se passaram, ela foi ficando com raiva... de Dash, do mundo, de si mesma.

Em uma noite solitária, após beber um pouco a mais de xerez, ela afiou uma pena e tentou descarregar seus sentimentos no papel. Quando raiou o dia, estava dando os últimos retoques em um ensaio. Um desagravo literário em nome de todas as jovens que tinham depositado suas esperanças em um homem para depois verem tanto o homem quanto a esperança irem embora.

Ela apertou os olhos e rezou de novo.

Oh, Senhor. Se puder me conceder um pedido, que seja este: por favor, por favor, por favor. Não deixe que ele tenha lido o manifesto.

– Seu manifesto é uma leitura muito interessante. – A voz dele tinha um tom gelado.

Nora virou os olhos para cima. *Sério? Você nunca atende a esses pedidos?*

– Como era o título, mesmo? – ele se perguntou, tamborilando o dedo no assento. – Ah, sim: *Lorde Dashwood perdeu sua oportunidade.*

– Na verdade, o título é *Lorde Ashwood perdeu sua oportunidade.*

– Sim, é claro. – Ele a encarou com um olhar severo.

Nora tentou fugir do assunto virando-se para a janela, mas o vidro pequeno estava embaçado demais. Ela baforou na superfície e a esfregou com a manga do vestido.

O tempo todo Nora pôde sentir o olhar fixo dele.

– Está doente, Srta. Browning? Está ficando pálida.

– Viajar de carruagem não costuma me fazer bem.

– Que pena. Existe algo que eu possa fazer para seu conforto?

– Obrigada. Percebi que o silêncio é o melhor remédio.

Ele emitiu um som de divertimento.

– Então vou deixá-la em silêncio. Quero dizer, assim que me responder com sinceridade a uma pergunta.

Ela sentiu a nuca formigar.

Ele se inclinou para frente, apoiando os cotovelos nos joelhos, encarando-a. Encurralando-a. Negando-lhe escapatória.

Então o formigamento desceu pela coluna dela, deixando todos os seus nervos em alerta.

– O quê, exatamente, eu perdi?

Capítulo dois

— Diabos.

Com um olhar hostil para as nuvens cinzentas acima, Pauline fechou mais o casaco e atravessou com rapidez a praça da vila, fugindo das gotas de chuva.

Quando entrou ruidosamente na loja Tem de Tudo dos Bright, ficou feliz de ver um rosto familiar – e um cabelo claro como o sol – atrás do balcão.

Sally Bright levantou os olhos do que fazia, viu Pauline e fez uma mesura exagerada.

— Boa tarde, Vossa Graça.

— Você sabe que eu odeio quando você me chama assim.

— Claro que sei. – Sally lhe deu um olhar irônico. – É por isso que eu chamo.

Sim, Pauline sabia disso. E não pôde evitar sorrir como resposta enquanto desatava o cordão de seu casaco. Ela e Sally eram velhas amigas, e como tal provocavam uma a outra – mesmo quando uma delas era comerciante e a outra tinha se tornado duquesa.

— A carruagem já passou?

— Ainda não. – Sally voltou ao trabalho, arrumando uma série de laços de Natal em uma prateleira bem à vista. – Sem dúvida o tempo ruim a atrasou.

— Era o que eu temia.

— Por quê? Está esperando alguma correspondência?

– Correspondência, não. Mas estou preocupada com as estradas. A Srta. Browning deve chegar hoje. Você sabe, a escritora convidada?

– É claro que sei quem é. Gosto dela. Ela vende bem. Encomendei uma dúzia de exemplares do manifesto. Vendi todos e acabei de receber mais uma dúzia.

Sem se virar, Sally moveu a cabeça na direção de uma pilha de manifestos embalados em uma caixa marrom.

Pauline foi até o mostruário e pegou a publicação de cima. Ela a abriu para ver o título ousado: *Lorde Ashwood perdeu sua oportunidade: a rejeição de um cavalheiro*, por Srta. Elinora Browning.

– Não é de surpreender que faça sucesso com o público de Spindle Cove – Sally disse.

– É verdade.

Spindle Cove era, há muito, o refúgio para jovens "não-convencionais" – intelectuais, estranhas, desiludidas, dolorosamente tímidas. Resumindo, qualquer jovem bem-criada que não se encaixasse na sociedade londrina.

Como ex-empregada de estalagem, que por uma peça do destino havia se casado com um duque escandaloso, Pauline se classificava como um dos casos mais estranhos. De tempos em tempos, Griff, seu marido, precisava passar algumas semanas em Londres, mas com certeza lá não era seu lugar. Ela preferia estar em Spindle Cove, rodeada por suas amigas e seus filhos – e perto de sua irmã Daniela, com quem administrava a Duas Irmãs, sua biblioteca circulante.

A visita da Srta. Browning marcaria o início de uma série de reuniões literárias, ou assim Pauline esperava. Uma atração durante a baixa estação da vila litorânea. Contudo, se a primeira autora não aparecesse, a série não teria um início auspicioso.

E Daniela, em especial, sofreria com a decepção.

Em uma vila de jovens mulheres singulares, a irmã de Pauline era, provavelmente, a mais diferente de todas. Apesar de ser adulta, Daniela possuía a capacidade de compreensão de uma criança. Ela tinha dificuldades para se expressar e fazer contas complicadas, e ficava muito magoada quando algo que ansiava não saía conforme planejado.

Pauline soltou a capa do manifesto.

– Bem, não posso ficar parada, em pânico. Há muito para ser providenciado. Daniela ainda está organizando a biblioteca. As crianças estão em casa com a avó. Preciso ir até a Touro & Flor para checar os biscoitos e bolos. Griff está voltando de Londres e ficou responsável por trazer o xerez.

– Xerez? Se você vai servir bebida, talvez até eu compareça.

– É a bebida favorita da Srta. Browning. Parece que foi xerez demais, certa noite, que deu a ela coragem para escrever isto aqui. – Ela pôs o dedo sobre o manifesto no balcão.

Sally pegou o manifesto e o folheou.

– Isto foi motivado por mais do que xerez – afirmou. – Algo me diz que essa mulher, impertinente o bastante para atacar por escrito um lorde rico, não vai se deixar intimidar por um pouco de clima tipicamente inglês. Não são nem três da tarde. Ela vai vir. É só chuva.

Pauline espiou pela janela, desejando ter a mesma certeza da amiga.

– Parece que a chuva está virando neve.

– Então? – Dash insistiu. – Estou esperando.

Mantendo os braços apoiados nos joelhos, ele entrelaçou os dedos e tamborilou os polegares, impaciente.

Eu a peguei, Nora. Você não vai fugir.

– Desculpe, qual era a pergunta?

– Você publicou um manifesto alegando que eu perdi minha oportunidade. O que, exatamente, eu perdi?

Muito mais irritante, contudo, foi o modo como a cabeça dele começou a formular suas próprias respostas.

Esses olhos ardentes. O cabelo fogoso. Esse maldito corpo tentador.

Dash lembrava de Nora sendo bastante tentadora, claro, mas tinha atribuído essa lembrança à sua luxúria adolescente. Para um garoto, até uma perna de mesa bem torneada pode ser excitante.

Nora com certeza deveria ter envelhecido e mudado. *Ele* tinha envelhecido e mudado. O clima tropical e as viagens marítimas haviam desgastado Dash.

Mas Nora não parecia desgastada. Ela continuava clara e rosada e deliciosamente curvilínea como em suas lembranças – só que ainda mais atraente. A única diferença evidente que notou foi a escassez de sardas no rosto e no pescoço. *Será que haviam desbotado?*, ele se perguntou. Ou tinham simplesmente migrado para o sul, como uma revoada de andorinhas em busca de clima mais quente abaixo do trópico do decote?

O olhar dele perambulou para baixo. Talvez, se agarrasse aquele vestido justo de veludo e abrisse cada uma de suas costuras – deixando-a nua –, Dash encontraria as sardas.

Ele sacudiu a cabeça. Fantasias eróticas podem ser muito boas, mas não quando envolvem Nora Browning.

Dash não queria desejá-la. Não depois do que ela tinha feito.

Não depois do que tinha *escrito*.

– O manifesto? – A boca rosada e suculenta de Nora esboçou um sorriso nervoso. – Espero que você possa entender, Dash, que não dizia respeito a *você*.

Ele a encarou, incrédulo.

Que ousadia dela, negar. O descaramento completo. Ele quase se deixou impressionar pela atitude.

– Absolutamente – ele disse, entrando no jogo. – Claro que eu compreendo.

– Oh. – Ela exalou. – Isso me deixa muito aliviada.

– É óbvio que Dashwood e Ashwood são nomes bastante distintos.

– Bem, eu quis dizer que...

– Só porque você rabiscou uma arenga vingativa e mesquinha sobre um jovem lorde atraente que você conheceu... um lorde cujo título difere do meu em apenas uma consoante... seria absurdo, da minha parte, supor que eu servi de inspiração.

A chuva que castigava a carruagem ganhou força, crescendo de um leve tamborilar para uma percussão assustadora. Uma rajada de vento gelado balançou a carruagem.

Nora endireitou os ombros e olhou para os joelhos dele, que encostavam nos dela.

Será que Dash pretendia intimidá-la?

Ótimo.

– Lorde Dashwood, não é preciso ficar bravo.

Ele recuou o tronco, estendendo o braço no encosto do assento.

– Por que eu ficaria bravo? Só porque o nome Dashwood... perdão, o nome *Ashwood*... tornou-se sinônimo, em toda a Inglaterra, de "cretino vaidoso, cheio de si, que não consegue ver o que está diante do próprio nariz"? Não posso imaginar por que isso me incomodaria. Quero dizer, esse tipo de reputação nunca poderia prejudicar minha posição na carreira que escolhi em cartografia, na qual o sucesso de um homem depende de sua capacidade de observação.

Ela inclinou a cabeça para o lado, pensativa.

– Sua carreira de fato foi prejudicada?

Dash não conseguiu acreditar no modo como ela formulou a pergunta. Como se desse alguma importância a ele.

Dash olhou para as próprias unhas.

– Eu e meus colegas respondemos a Travers, e não tenho nenhum plano iminente de fazer um Atlas Mundial Dashwood. Então, não.

– Muito bem. Não houve prejuízo, então.

– Ao contrário, Srta. Browning. O dano está feito. Talvez não à minha carreira, mas você prejudicou meus outros planos.

– Que planos são esses?

– Meus planos de me casar.

– Você... você planeja se casar?

– É claro. Um homem na minha posição precisa se casar. Eu tenho um título e uma propriedade. Ambos necessitam de um herdeiro legítimo. Isso significa que preciso encontrar uma esposa. Fico surpreso por ter que explicar isso para você. Sempre acreditei que você era mais inteligente do que isso.

Ela levantou o queixo.

– E eu sempre acreditei que proferir insultos baratos fosse indigno de você.

Oh, ela tinha muita coragem para querer repreendê-lo por insultos, já que tinha publicado um manifesto inteiro que nada mais era do que um insulto extenso a ele. E vendeu milhares de cópias.

– Não sei por que qualquer coisa que eu faça poderia dificultar sua tentativa de se casar – ela disse.

– Não sabe?

– Não.

Ele decidiu acreditar na ingenuidade dela.

– Agora que cheguei aos 25 anos, meu tio deixou de ser o curador da minha propriedade. Seria irresponsabilidade da minha parte embarcar na próxima expedição sem providenciar um herdeiro. Contudo, não tenho tempo nem inclinação para o longo processo de cortejar uma lady. E você conseguiu convencer as ladies solteiras de Londres – até mesmo as indesejáveis, de idade mais avançada, que não poderiam ser tão exigentes – de que elas *merecem* ser cortejadas.

A gargalhada que Nora soltou surpreendeu Dash. Ele se sentiu inesperadamente desarmado. Foi algo caloroso e familiar no meio de uma tempestade.

– Você não pode esperar, de verdade, que eu me desculpe por isso – ela disse.

– Então talvez queira se desculpar por isto: se não bastasse você ter encorajado uma tendência de solteirice obstinada, ainda convenceu todas as ladies casadouras de que eu, em especial, sou um cretino vaidoso e fútil.

– Dash, estou tentando lhe explicar, o manifesto não era a seu respeito, era...

– O diabo que não era. Chega de evasivas. Você acha que eu não sabia, Nora, que você nutria um carinho tolo por mim durante todos aqueles anos? É claro que eu sabia. Era óbvio.

Ela ficou em silêncio. Um rubor subiu-lhe pelo pescoço.

– Você sentia atração. É algo bastante comum. Mas eu pensava que as garotas superassem isso ao amadurecer.

– E eu pensava que garotos superassem a crueldade ao crescerem. Parece que alguns gostam de continuar ferindo criaturas inofensivas. – Os olhos dela chisparam no escuro da carruagem.

Oh, ele lembrava daqueles olhos. Funcionavam como uma pederneira. Ou pólvora. Costumavam ser cinza-azulados. Mas quando provocados, soltavam fagulhas verdes e âmbar.

Ele a tinha magoado.

Bem, e se tivesse? Dash não aceitava se sentir culpado. Ele era a parte ofendida e merecia respostas.

– Lorde Dashwood, por favor. É evidente que você não está interessado em ouvir minhas explicações.

– Você está enganada. Eu estou interessado nas suas explicações, mas não quero mentiras.

Ela meneou a cabeça e baixou os olhos para as mãos.

– É inútil. Você nunca irá compreender. Em Hastings vou desembarcar para pegar outra carruagem, e você continuará até Portsmouth. Vamos seguir caminhos diferentes e nunca mais iremos conversar. Será que podemos simplesmente sofrer em paz o restante desta viagem?

– Tudo bem – ele respondeu, lacônico.

– Quanto tempo você acredita que ainda falta? Você é o cartógrafo.

Ele espiou pela janela, mas não conseguiu ver nada além da parede cinzenta de chuva e neblina.

– Uma hora. Duas, no máximo.

– Com certeza podemos aguentar esse tempo em silêncio. Uma hora, duas no máximo? Não é tanto assim. Poderia ser pi...

A carruagem deu uma sacudida, interrompendo-a no meio da palavra e fazendo seu busto dar um salto provocante.

Antes que eles pudessem recuperar o fôlego, a carruagem deslizou de lado, saindo da estrada e parando de repente.

Ela gritou quando o impulso a jogou para frente.

Agindo por instinto, Dash tentou segurá-la. Ele passou o braço por baixo do tronco dela, no momento em que a testa de Nora entrava em rota de colisão com o trinco da porta.

– Nora!

Capítulo três

Maldição, como aquela tarde estava gelada.

Griff desmontou do cavalo, inclinou a cabeça para tirar a água gelada do chapéu e olhou na direção da taverna, com suas promessas de filé, cerveja e uma lareira quente. Mas ele se virou na direção da lojinha com a alegre porta vermelha.

Mais do que comer, beber ou sentar diante do fogo – mais do que qualquer coisa, na verdade –, ele precisava ver a esposa.

Uma sineta tilintou quando entrou na loja pequena e encantadora.

– Pauline?

Ele não avistou Pauline, mas um rosto muito bem-vindo – o de sua cunhada, Daniela.

– Não se mova, duque.

– Boa tarde para você também, Daniela.

– Não se mova – ela repetiu, apontando com o esfregão em suas mãos. – Suas botas.

Griff olhou arrependido para as botas hessianas enlameadas.

– Ah, sim. Longe de mim querer estragar seu trabalho. Vou ficar aqui mesmo. Mas isso significa que você precisa vir até aqui me cumprimentar.

Daniela pôs o esfregão de lado e andou até ele, fazendo uma mesura e estendendo a mão para o beijo de costume. Pauline tinha tentado lhe explicar que ela e Griff eram parentes pelo casamento, e que toda essa cerimônia não era mais necessária, mas Daniela gostava de rotinas, e Griff apreciava o pequeno ritual dos dois. Ele não tinha uma irmã mais nova para mimar.

Pauline emergiu do depósito vestindo um avental empoeirado e parecendo cansada da faxina. Da mesma forma que a tinha visto na primeira vez em que se encontraram.

E ele ficou deslumbrado outra vez.

Deus, como tinha sentido falta dela.

Por sua vez, Pauline olhou horrorizada para ele.

– Pelo amor de Deus, não se mova nem mais um centímetro.

– Não tenho nenhuma intenção de me mover. Daniela já me pôs no meu lugar.

– Você trouxe o xerez, certo?

Ele franziu a testa. *O xerez?*

– E-eu, ahn...

Tentando ganhar tempo, ele se virou para observar o lugar. Não era apenas o chão que tinha sido limpo. Cadeiras e bancos estavam dispostos em semicírculos precisos. Cada prateleira dos livros com capa dura tinha sido espanada e arrumada.

Um cartaz no balcão anunciava:

A BIBLIOTECA DUAS IRMÃS
DÁ AS BOAS-VINDAS À AUTORA

Srta. Elinora Browning.

JUNTE-SE A NÓS EM 8 DE DEZEMBRO ÀS DUAS HORAS, PARA UMA TARDE DE CONVERSA, BOLOS E...

E xerez.

O xerez que Griff deveria ter trazido de Londres.

Maldição.

– Daniela – a mulher dele disse, sem nunca tirar os olhos de Griff. – Por favor, vá pegar aquela toalha de renda que eu guardo na sala dos fundos.

Assim que Daniela estava longe o bastante para não ouvir, Pauline cruzou os braços.

– Griffin York. Você esqueceu o xerez.

Ele esfregou o rosto com uma mão, gemendo.

– Eu esqueci o xerez.

– Como pôde? Eu até escrevi uma carta para lembrá-lo!

– Nós temos vinho madeira em casa. Ou algum Porto de primeira qualidade. Um deles deve servir.

– Não, não. Tem que ser xerez. O manifesto menciona xerez.

– Eu posso dar um pulo em Hastings – ele sugeriu.

Ela sacudiu a cabeça.

– Não há tempo. Não com essa chuva e tão tarde. Esperávamos por você horas atrás.

– Eu sei. Demorei a sair de Londres. E-eu parei para ver um amigo.

– Um amigo. – Ela arqueou a sobrancelha. – Esse amigo tem nome?

– Claro que tem.

– Mas você não quer me dizer qual é.

Griff suspirou. Ele não podia dizer. Então deu um passo à frente e a pegou pela cintura, balançando-a de um lado para o outro.

– Ora, vamos – ele a provocou. – Não me diga que se tornou uma esposa ciumenta.

– Posso ser uma esposa chateada? Estamos planejando este evento há meses.

– Eu sei, querida.

– Daniela trabalhou tanto.

– Eu sei, eu sei.

– Encomendei oito dúzias de bolinhos com o Sr. Fosbury. A Sra. Nichols reservou a melhor suíte da Queen's Ruby, e todos os outros quartos estão cheios de visitantes ansiosos para ouvir a palestra da Srta. Browning. O comércio local está na expectativa de um bom dia, às vésperas das festas. Todos estão esperando um sucesso magnífico, e agora... – a voz dela falhou – ...o tempo está ruim, as estradas estão piores...

– E um vagabundo imperdoável esqueceu o xerez.

– Eu só detesto decepcionar todo mundo.

E Griff detestava decepcionar a esposa. Mas era o que ele tinha feito.

Ele a recolheu em um abraço e deu um beijo em sua cabeça.

– Sinto muito.

Ela suspirou, entregando-se ao abraço.

– Isso nem importa mais. A carruagem da Srta. Browning deveria ter chegado há duas horas. É bem provável que ela não vá conseguir vir.

Ele recuou e levou as mãos ao rosto dela, desejando que aqueles olhos preocupados se desanuviassem.

– Tenho certeza de que a Srta. Browning vai chegar a tempo.

– Ninguém controla o tempo. Você não pode prometer isso.

– Eu posso – ele insistiu. – Estou prometendo para você agora. Termine os preparativos. A Srta. Browning vai chegar a tempo.

Ele faria a solteirona escritora chegar nem que ele mesmo tivesse que empurrá-la desde a Cantuária.

E de algum modo Griff iria conseguir a droga do xerez.

Tudo estava em silêncio.

Um silêncio angustiante, perturbador.

Nora, abalada, tentou entender o que tinha acontecido. A carruagem havia parado. Não exatamente de lado, mas num declive íngreme. Ela e Dash tinham caído, enrolados um no outro, no chão da carruagem.

Dash.

Ela queria falar com ele, chamá-lo, mas o pânico tinha congelado sua língua. Sua voz recusava-se a funcionar.

– Nora?

Ela foi tomada por uma sensação de alívio. Ficou com vergonha de todas aquelas orações estúpidas que fez mais cedo, naquela mesma tarde. Essa era a única resposta que importava.

Dash se levantou e virou, como se estivesse tentando olhar para o rosto dela. Os dedos dele afastaram uma mecha de cabelo da testa de Nora, e esta sentiu um tremor idiota de prazer passar por seu corpo.

Ele nunca a tinha tocado com tanto carinho. Nenhum homem tinha.

– Nora – ele repetiu, a voz aflita. – Pelo amor de Deus, diga-me que você está bem.

Ela conseguiu fazer um sinal com a cabeça. Seu corpo todo tremia. Sem dúvida ele estava ansioso para tirar o peso dela de cima de si, mas nenhuma parte dela queria se mexer. Senhor, como aquilo era constrangedor.

– D-desculpe – ela conseguiu dizer. – E-eu...

– Calma. – Os braços fortes dele a envolveram, diminuindo seu tremor. – Está tudo bem. A carruagem derrapou para fora da estrada, só isso. Você não está machucada.

– E você? Dash, você não...

Ele a silenciou.

– Estou ileso, também. Acabou.

Ela fechou os olhos. O coração dele batia no rosto de Nora, forte e constante. Os braços dele a enlaçavam com firmeza.

Cedo demais, aqueles braços poderosos foram flexionados, colocando-a sobre o assento acolchoado da carruagem. Ele chutou a porta, para abri-la, e saiu.

– Vou ver como está o cocheiro – ele disse.

Ela concordou de novo.

A porta foi fechada com estrépito.

Sozinha, Nora desabou na almofada do assento e se enrolou, formando uma bola. Não importava o quão apertado ela abraçasse os joelhos, parecia que não conseguiria parar de tremer. Ela fechou os olhos e tentou evocar a sensação de segurança.

E a mente dela correu de volta para o abraço de Dash.

Como aqueles braços pareceram fortes e inabaláveis. Bem, imaginou que deviam ser mesmo, depois de quatro anos de viagens marítimas. Dash não devia ser o tipo de explorador que fica trancado na cabine, examinando mapas. Não, ele ficaria ao lado da tripulação, puxando cordas e enfunando velas, transformando seus braços em músculos esculpidos e tendões firmes, cobertos por pele bronzeada.

Ela não devia estar pensando nele dessa forma. Nora tinha prometido a si mesma que não teria sonhos tolos como esse nunca mais. Mas isso não era bem um sonho, era? Estava mais para uma lembrança.

Ele tratou você tão mal, ela procurou se lembrar, severa. *Ele a humilhou diante de uma multidão de espectadores. Ele a deixou sem olhar para trás.*

Mas há pouco ele a tinha abraçado, bem ali na carruagem. Nora ainda podia ouvir as batidas do coração dele ecoando em suas orelhas.

A porta foi aberta.

Ela se assustou e sentou com um pulo, tentando parecer que não estava pensando em músculos. Nada de músculos em geral, e, especialmente, não os dele.

Flocos de neve cobriam os cílios e salpicavam o cabelo castanho dele.

– Tenho notícias ruins e notícias piores.

– Oh.

– Esta maldita tempestade. A temperatura caiu tão de repente, que a estrada virou um grande bloco de gelo. Nós caímos em uma vala. É um milagre que nenhum cavalo tenha se machucado.

– Eu posso sair – Nora se aprumou. – Isso vai diminuir a carga. Posso até mesmo ajudar a nos colocar de volta na estrada. Sou forte.

Ele meneou a cabeça.

– O cabeçalho está danificado. Os animais não podem puxar um engate quebrado. E mesmo que pudéssemos consertar, o cocheiro me disse que falou com um cavaleiro que foi obrigado a voltar antes de Rye. Não dá para passar na ponte. Ela quebrou com o peso do gelo.

– Ah, não. O que ele pretende fazer?

– Soltar os animais. Deixar a carruagem aí e voltar até a estalagem mais próxima. Temos tempo antes de anoitecer.

– Mas você não pode estar sugerindo que nós voltemos caminhando.

– Não. Não pretendemos caminhar, Nora. – Ele a encarou. – Nós vamos cavalgar.

Cavalgar?

Nora fechou os olhos. A simples sugestão de cavalgar fez seu estômago embrulhar.

– Dash, eu não posso. Não consigo. Não hoje. Eu não cavalgo desde... desde que perdemos Andrew.

Ela lembrava bem demais. O relincho assustado da égua. O barulho pavoroso de osso sendo esmagado.

O terror de perder o fôlego.

– Você não vai nem tentar?

– Acho que não consigo. – Ela lançou um olhar desesperado para a neve lá fora. – Se estivéssemos no campo, em Kent, em uma manhã quente de verão, talvez. Mas montar um cavalo desconhecido debaixo de uma nevasca, com a luz do dia sumindo com essa rapidez? Depois deste susto?

Com certeza ele compreenderia. Ele também estava presente. Não importava que maldade ele acreditava que Nora tivesse cometido, Dash tinha que entender a situação.

– Eu prefiro ficar aqui, na carruagem – ela disse.

– Não diga uma bobagem dessas. Você nem tem uma capa.

– Eu trouxe umas meias de lã no meu baú. Com as portas bem fechadas vou ficar quente o bastante.

Ele a encarou por um momento, os olhos escuros e intensos como a meia-noite. Então praguejou e bateu a porta.

Durante os minutos seguintes, ela permaneceu parada, escutando os ruídos do cocheiro soltando os animais. Depois, tudo ficou em silêncio.

A não ser pelas batidas frenéticas do coração dela.

O que Nora estava pensando quando falou para eles partirem sem ela? Seria tarde demais para correr atrás deles? Se eles cavalgassem devagar, talvez ela conseguisse acompanhá-los a pé. Precisava tentar.

Nora tinha acabado de apertar os cadarços de suas botas quando a porta foi aberta.

Ela se assustou de novo, levando a mão ao peito.

– Dash, pensei que você tinha ido embora.

– Acredita mesmo que sou capaz de tal vilania? De abandonar você no meio de uma tempestade, para se virar sozinha?

– Bem, no passado você já me deixou sem se despedir.

Ele emitiu um ruído de contrariedade.

– Eu pensei que seu manifesto não era a meu respeito.

Nora não respondeu.

– Não se preocupe, não precisa classificar este ato como cavalheirismo da minha parte – ele disse. – Posso dizer que estou agindo movido pela estima que tenho por sua família. Mas, principalmente, que os raios me partam se vou deixar você aqui para escrever a sequência: *Lorde Ashwood me deixou para morrer.* Ele estendeu a manzorra enluvada para ela e fez um gesto de impaciência. – Venha.

– Aonde você quer ir? – Ela o encarou, desconfiada.

– Há um chalé a certa distância da estrada. Acredito que seja um abrigo de caça.

– Um chalé?

– Acho que você chamaria de cabana.

– Uma *cabana.*

– Parece que está desabitada no momento. Provavelmente não tem nada lá dentro.

– Ora, que sorte – ela disse, segurando a mão dele. – Não iríamos querer que essa cabana abandonada fosse confortável demais. Poderíamos ficar tentados a passar as festas aqui.

Ele a pegou pelo pulso e a puxou em sua direção. Seus corpos trombaram quando ela tropeçou na neve.

Apesar do frio, partes de Nora derreteram. Oh, aqueles músculos de novo.

– É uma estrutura – ele disse. – Com paredes e um teto, e vai nos manter vivos até o cocheiro voltar pela manhã. – Ele olhou para ela e lhe deu um sorriso estranho, frio. – Desde que não nos matemos antes.

Capítulo quatro

Griff era um duque com uma missão.

Imediatamente após sair da biblioteca, ele atravessou a praça até a taverna Touro & Flor.

– Imagino que você não tenha um barril de um bom xerez? – ele perguntou ao taverneiro.

Fosbury respondeu que não, mas Griff lhe agradeceu mesmo assim.

– Halford – uma voz familiar o chamou. – Venha sentar conosco e jogar uma mão de carteado.

Griff foi até o outro lado do salão, onde três homens estavam sentados perto da lareira segurando canecas de cerveja. Seu velho amigo Colin Sandhurst, Lorde Payne; o primo de Colin, Lorde General Victor Bramwell, Conde de Rycliff; e o braço direito de Rycliff – o enorme e taciturno Capitão Samuel Thorne.

Cada homem segurava uma mão de cartas maltratadas.

Griff pegou uma das bolotas cinzentas que jaziam sobre a mesa.

– Vocês estão apostando pedras?

– Fósseis – Colin o corrigiu, tirando a bolota da mão dele. – Minerva recuperou centenas esta semana. Ela pode nos emprestar alguns. Estas arredondadas são amonites, valem meia coroa. Trogloditas valem um xelim.

– Eu tinha entendido que eram trilobitas – Rycliff disse.

– Escute, Bram, quem aqui é casado com uma geóloga? – Colin retrucou. – Eu tento lhe ensinar nomes de ervas medicinais?

– Não posso ficar para jogar esta noite – Griff os interrompeu. – Vou sair para ver se encontro essa Srta. Browning, que vai discursar na biblioteca. As estradas estão ruins e é provável que a carruagem dela esteja atrasada. – Ele olhou para a mesa. – Além disso, estou meio sem pedras hoje.

– Você vai sair no meio *disso*? – Colin inclinou a cabeça para a janela castigada pela chuva e fez uma careta.

– Bem, como a Srta. Browning está lá fora *nisso*... – Griff inclinou a cabeça na mesma direção. – Vou.

– Você não deveria ir sozinho – Bram disse.

– Não mesmo – Colin concordou. – Leve Thorne.

Thorne olhou feio para ele. Mas Thorne olhava feio para quase todo mundo.

Colin jogou suas cartas na mesa, afastou a cadeira e levantou.

– Estou brincando, Thorne. Vamos todos juntos.

– Não posso pedir isso a vocês – Griff disse.

– Claro que não pode – Colin disse, pousando a mão no ombro do outro. – Você esperava que nos oferecêssemos. E foi o que fizemos.

Griff coçou a nuca. Era verdade que quatro homens seriam mais rápidos do que dois, mas Colin Sandhurst tinha o costume de complicar até as tarefas mais simples.

– Vamos todos – Colin repetiu, vestindo o casaco. – Todas as mulheres estão ansiosas por essa palestra, o que significa que vão ficar gratas a quem salvar o evento. Acho que todos podemos aproveitar essa oportunidade para ficarmos bem com nossas esposas. – Ele olhou para Rycliff e Thorne. – Quando foi a última vez que vocês fizeram algo heroico por suas mulheres?

Rycliff deu um sorriso irônico.

– Ontem à noite.

Thorne esvaziou a caneca e estalou o pescoço.

– Esta manhã.

– Não estou falando na cama – Colin disse, e acrescentou, em voz baixa: – Fanfarrões.

Griff sentiu o mesmo tipo de irritação. Antes dessa tarde, fazia três semanas que ele não falava – nem se deitava – com sua mulher.

Ele estava sentindo o estresse da separação. Intensamente. E isso foi antes de atrapalhar o evento dela esquecendo o xerez.

Por mais que Griff detestasse admitir, Colin tinha razão. Ele precisava cumprir uma missão heroica. Fazia anos que tinha desistido de uma fortuna para ficar com Pauline, e ele sentia que precisava fazer um gesto parecido toda semana. Mas só podia desistir de uma fortuna na vida.

Então, nessa noite, ele iria resgatar uma solteirona atolada.

– Vamos logo, então – Griff disse. – Precisamos ser rápidos.

– É verdade – Rycliff respondeu, levantando. – Do contrário as mulheres vão resolver o problema sozinhas, como sempre. Vai conosco, Thorne?

Como resposta o capitão se levantou.

– Está combinado – Griff disse. – Vamos nos encontrar na minha casa dentro de trinta minutos. Preciso ver meus filhos antes.

– Uma hora, então. – Colin pegou o chapéu. – Tenho que fazer algumas coisas. Selar meu cavalo. Encontrar meu sobretudo. E dar dois orgasmos inesquecíveis à minha mulher. – Ele apontou o dedo para Thorne. – Vou lhe dizer uma coisa, Sr. Esta Manhã. Não vou ser superado por tipos como você.

Nora pegou sua valise.

– Meu baú?

– Vai ficar aí mesmo a não ser que você o carregue – Dash respondeu.

– Mas...

Ele já tinha se virado e começado a atravessar um campo coberto de neve, distanciando-se com grandes passadas.

Nora se apressou a segui-lo. Ela não tinha escolha. Com a neve caindo, não tinha ideia de para onde estavam indo, nem o que faria se ficasse sozinha.

Juntos eles marcharam pela neve e pela lama. Ela enfiou o pé em um canal que estava escondido por uma fina crosta de gelo e neve recém-caída. Água gelada e barrenta subiu-lhe até os joelhos.

Quando eles chegaram à cabana, as anáguas dela estavam duras, e os dedos dos seus pés quase congelados.

Quando Dash testou a porta e viu que estava trancada, o coração de Nora virou um bloco de gelo. Mas ele encontrou um modo de puxar o trinco e a porta se abriu.

– Damas primeiro. – Ele fez uma reverência irônica.

– Qu-quanto tempo você acha que vai demorar para o cocheiro voltar? – ela perguntou, abaixando-se para passar pelo batente baixo.

– Ele só vai voltar pela manhã.

– Pela manhã?

Ela examinou a cabaninha em que estavam. Era um lugar tão pequeno, pouco maior que um armário. Só havia um fogão a lenha, uma banqueta e uma mesa simples. Havia uma janelinha alta – uma abertura grosseira, sem vidro, fechada com madeira. E uma cama de solteiro estreita.

Ela não tinha onde se esconder. Nem da raiva dele, nem de seus próprios sentimentos.

– Dash, não podemos ficar aqui a noite toda. Juntos.

– Se não quiser ficar – ele disse –, a porta está logo ali.

Como ela não fez menção de sair, ele fechou a porta e passou a tranca.

Nora testou a cama estreita com a mão. A estrutura rangeu, mas pelo menos ela não sentiu o colchão forrado de palha se mexer com ratos. No pé da cama, ela pegou uma colcha enrolada e a abriu com um movimento rápido dos braços. Nesse instante, Dash se voltou para ela.

Uma nuvem de poeira se formou, cobrindo as sobrancelhas e o cabelo dele com um pó cinzento.

Ele a fitou enquanto engasgava com a poeira. Ou, provavelmente, com a própria raiva.

Nora mordeu o lábio.

– Desculpe.

– Se – ele começou a dizer, a voz tensa, parado como uma estátua – você acha que estou feliz com o que está acontecendo... posso lhe garantir que não estou.

– Dá para perceber.

Nora se esforçou para não rir. Com aquelas sobrancelhas cinzentas e a expressão séria, ele parecia um velho ermitão ranzinza. Ela tirou um lenço do bolso e o ofereceu como um pedido de paz.

Ele aceitou o lenço e o passou pelo rosto.

– Eu preferiria que nossa situação não fosse essa. Uma vez, enquanto navegávamos ao redor do Cabo da Boa Esperança, durante a expedição de Sir Bertram, fomos pegos por uma borrasca. Tivemos que nos amarrar nos mastros e rezar por nossas vidas enquanto ondas imensas açoitavam o navio. Foi a noite mais medonha e desgraçada que já vivi.

– Está dizendo que preferia estar lá a permanecer aqui?

– Não. Estou dizendo que preferia que *você* estivesse lá e não aqui.

– Sério? Não precisa ser cruel.

Ele bufou, irônico.

– Talvez eu não precise, mas sinto um desejo poderoso de ser cruel. – Ele passou os olhos pelo corpo dela. – Você precisa tirar a roupa.

– O quê? Claro que não!

Ele ignorou o protesto dela e levou as mãos à fileira de botões no peito do vestido de viagem, começando a soltar um por um.

– Essas botas e sua saia estão ensopadas. Imagino que suas meias também estejam. Estou até vendo: *Lorde Ashwood me fez pegar gripe.*

– Eu mesma vou tirar as minhas roupas, obrigada. – Ela pôs as mãos sobre as dele, impedindo-o de continuar. Os dedos de Dashwood estavam gelados. Por instinto, ela esfregou as palmas da mão na pele fria dele. – Oh, Dash. Suas mãos estão um gelo. Você também precisa se aquecer.

Os olhos dos dois se encontraram por um momento de tensão.

Nora se xingou em silêncio. Ali estava a raiz de todos os seus problemas. Não importava o quão mal ele a tratava, ou quão pouco retribuía seus sentimentos – o tolo coração dela insistia em gostar dele de qualquer maneira.

Ele a soltou.

– Eu vou acender o fogo.

Ela se virou para a parede, tentando tirar o vestido molhado, as anáguas e meias com o máximo de recato possível. Dash tinha razão, as pernas dela estavam completamente molhadas. Foi só quando seus pés começaram a se aquecer que ela percebeu como estavam frios. Parecia que milhares de agulhas pinicavam seus dedos.

Quando estava apenas com o espartilho e com a roupa de baixo relativamente seca, Nora enrolou a colcha empoeirada ao redor dos ombros e sentou de pernas cruzadas na cama, enfiando os pés debaixo das coxas.

Dash tirou o casaco, o colete e a gravata, pendurando tudo em um gancho perto da porta. Enquanto Nora observava, ele revirou a cabana de um modo masculino, violento. Reunindo lascas de madeira, remexendo nas cinzas do fogão com o atiçador, abrindo e fechando a caixa de lenha com estrépito. Tão forte, tão bruto. Seus ombros largos esticavam o tecido úmido, quase translúcido, da camisa.

Nora pigarreou.

– Você pode...?

– Posso o quê, Nora? Parar de acender o fogo? Deixar você congelar aqui sozinha? Não me provoque.

Ela levantou o queixo.

– Você pode me dizer o que eu faço para ajudar? O que você está procurando?

– Um modo de começar o fogo. – Ele passou os olhos pela cabaninha e parou na valise dela. – Por acaso você viaja com cópias daquele maldito manifesto?

Nora ignorou a provocação. Ela retirou uma caixa de madeira da valise e a colocou sobre a mesa.

– Eu tenho papel em branco. Vou rasgar algumas folhas enquanto você empilha a madeira.

Ela abriu o estojo de viagem e examinou o conteúdo: papel, penas, tinta, um canivete. Pegando uma folha de papel, a dobrou várias vezes, até ficar parecendo um leque. Então Nora pegou o canivete e começou a cortar tiras.

Após empilhar a madeira no fogão, Dash pegou o produto do pequeno projeto artesanal de Nora e colocou estrategicamente debaixo da madeira. Ele bateu a pederneira, produzindo uma fagulha. O papel pegou fogo com facilidade, e a chama viva deu esperança a Nora... mas então ela minguou e morreu. O fogo não pegou na madeira.

– Mais – Dash disse.

Nora pegou outra folha e repetiu o processo. Dash bateu a pederneira e conseguiu uma fagulha. Mas as chamas logo morreram, como antes.

– De novo – ele disse.

Dessa vez, enquanto ele soprava na chama alimentada pelo papel, Nora mordeu o lábio. Se eles não conseguissem acender o fogão antes que escurecesse... seria uma noite longa e escura – mas não solitária. Eles seriam forçados a se abraçar para se aquecer.

Nora preferia ser amarrada a um mastro no Cabo da Boa Esperança.

Ela levantou da cama e se aproximou dele, agachando-se a seu lado e acrescentando seus pulmões ao esforço. Eles se revezaram alimentando as chamas com o fôlego, até Nora sentir dor nos flancos e ficar tonta.

Mas finalmente, o fogo acendeu na madeira.

Uma onda de alívio a tomou, e calor e luz começaram a banhar o pequeno aposento.

Infelizmente, depois que acenderam o fogo, ficou claro que uma longa noite os aguardava. Eles não tinham comida nem qualquer coisa que os pudesse distrair.

Deus sabia que eles não tinham a menor vontade de *conversar* um com o outro.

Dash tirou um frasco de prata do bolso e o destampou antes de oferecer a ela.

– Conhaque.

– Não, obrigada.

– Não foi uma pergunta. – Ele enfiou o frasco na mão dela. – Você também precisa se aquecer por dentro.

Nora tomou um gole cauteloso. O fogo líquido se espalhou por sua barriga vazia, aquecendo-a por dentro e embaralhando seus pensamentos.

Ela devolveu o recipiente para ele, que o levou aos lábios para um grande gole. E depois mais um.

Maravilha, ela pensou. Bebedeira era exatamente o que faltava naquela noite desgraçada.

Ele tamborilou os dedos na mesa. Uma progressão do primeiro ao último dedo. *Tap-tap-tap-tap-tap. Tap-tap-tap-tap-tap.* Uma vez depois da outra.

E outra.

E mais outra...

De novo.

Nora rilhou os dentes.

– Você conhece alguma música? – ele perguntou.

Ela continuou em silêncio.

– *Eu* conheço algumas músicas – ele disse, com uma voz provocante. – Canções de marinheiro, na maioria. Todas são indizivelmente vulgares.

Ele continuou tamborilando os dedos. *Tap-tap-tap-tap-tap.*

Aquela seria a noite mais longa da vida dela.

Pela primeira vez na vida, Nora desejou ser uma daquelas mulheres que viajam levando bordados, para ter algo com que ocupar as mãos. Como não era, contentou-se em pegar suas penas no estojo, uma por uma, e aparar as pontas para deixá-las bem afiadas. Seu canivete raspava uma vez após outra na pena – um som agudo, repetitivo, que deveria irritá-lo.

Ela *torcia* para que o som o irritasse. Ela também podia fazer o jogo dele.

Raspa.

Tap-tap-tap-tap-tap.

Raaaaaspa.

Tap-tap-tap-tap-tap.

Raaaas...

Dash arrancou uma folha do estojo de Nora e pegou a pena da mão dela.

– Sabe de uma coisa? Acho que vou escrever meu próprio manifesto. Vai se chamar *Lorde Ashwood não se arrepende de nada.*

– Que inteligente da sua parte.

– Mas não precisa se preocupar. – Dash olhou enviesado para ela. – Vou mudar seu nome. Ninguém vai saber de quem estou falando. Vai ser a Srta. Bronquinha.

– Isso não vai ser bom para você. Eu conto com a simpatia do público. Tudo que vai conseguir será confirmar sua imagem de vilão.

– Melhor ser vilão do que motivo de piada. – Ele mergulhou a pena no tinteiro e continuou a escrever. – Mas minha vingança não vai se limitar a isso. Se acha que meu manifesto vai ser ruim para você, espere até que eu a processe.

– Vai me *processar*? Por quê?

– Por difamação, é óbvio.

– Você não pode me processar por difamação. A verdade é uma defesa contra difamação.

– Não existe nada de verdadeiro naquela lenga-lenga. A tese inteira do seu manifesto está errada.

– Como assim?

Ele colocou a pena de lado.

– Eu aproveitei minha vida para expandir meu conhecimento, usar meus talentos e explorar o mundo, e ainda assim você diz que eu perdi uma oportunidade? Porque não permaneci em um raio de dez quarteirões a partir do lugar em que nasci e não me casei com a garota da casa ao lado?

Ele estendeu as mãos, com as palmas para cima, como dois pratos de uma balança pesando suas opções.

– Um mundo de aventuras. – Ele levantou uma mão. – Você. – Dash levantou a outra.

Nora o encarou. Como ele ousava fazer aquilo?

Ela tinha exposto sua alma naquele manifesto. O ato de colocar as palavras no papel, na solidão de seu quarto, bastou para aterrorizá-la. Permitir que fosse publicado foi o maior ato de coragem de sua vida, e tantas coisas boas vieram disso. Ela conquistou amizades, respeito, uma carreira – ou o máximo de carreira que se permitia a uma dama. Mulheres de toda a Inglaterra e de outros países escreveram para ela expressando sua gratidão.

– Não vou permitir que você me trate dessa forma – ela disse. – Você não foi o único a desenvolver seus talentos nos últimos anos. Eu também conquistei algum sucesso.

– É, você conseguiu. – Ele se inclinou à frente. – E me usou para consegui-lo. Avacalhou meu bom nome, sem qualquer constrangimento, para seus fins mesquinhos. Eu teria toda razão de me vingar. Escrevendo e apelando às cortes. A menos...

– A menos que o quê?

– Que você prove.

– Prove?

– Demonstre indubitavelmente que eu perdi alguma coisa. Qualquer coisa. – Ele cruzou os braços sobre a mesa. – Estamos aqui e temos a noite toda.

O quê?

Se ele estava sugerindo o que parecia, Lorde Dashwood era mesmo um canalha.

– Você não pode estar querendo me obrigar a...

– Não estou querendo obrigar você a nada. Mas responda-me isto: se eu perdi algo tão maravilhoso, como você explica o fato de que todos os outros homens da Inglaterra são tão estúpidos quanto eu? Você poderia estar casada a esta altura. Com certeza algum homem teria visto o que me passou despercebido.

Ela apertou a colcha ao redor dos ombros.

– Eu estive muito ocupada para ir a bailes e ser cortejada.

– Ocupada demais criando uma reputação de megera que odeia homens, é o que quer dizer. Imagino que isso possa mesmo afugentar cavalheiros inseguros.

Homens inseguros?

O que isso queria dizer? Ele devia estar querendo que ela perguntasse. Nora decidiu negar essa satisfação a ele.

Para ser sincera, os últimos anos tinham sido mesmo muito atarefados. Ela simplesmente não teve nenhuma oportunidade de ser cortejada. Mesmo que tivesse, nenhum homem havia chamado sua atenção. Ela chegou a pensar que, talvez, tivesse ficado madura demais para se apaixonar, e que nunca mais se interessaria por qualquer homem.

Mas ali estava Dash, enlouquecendo-a outra vez de tão interessante.

Não apenas interessante.

Cativante.

Agora que a luz do fogo preenchia a pequena cabana, ela aproveitou para estudá-lo. Nora ficou fascinada pelo mapa que o mundo tinha desenhado no corpo de Dash, enquanto ele esteve por aí mapeando o mundo. Rugas pequenas de expressão ao redor dos olhos e uma cicatriz fina no antebraço, além de uma pele bronzeada nas mãos, acima dos pulsos, e no triângulo exposto de seu peito.

Ele tamborilou na mesa, impaciente.

– Estou esperando. O que foi que eu perdi?

Ela pigarreou.

– Para começar, você perdeu uma companheira que é sua igual, intelectualmente. Em Londres você se cerca de mulheres belas e sem cérebro.

– Com certeza você, defensora do sexo feminino, não pretende afirmar que mulheres lindas não podem ser inteligentes.

– Não. É claro que eu nunca diria *isso*.

– Ótimo. Porque se você estivesse disposta a fazer afirmação tão disparatada, eu poderia lhe citar uma dúzia de exemplos de mulheres lindas *e* inteligentes.

– Não será necessário.

Argh. A última coisa que Nora queria era ouvir uma listagem das muitas amantes lindas e inteligentes de Lorde Dashwood. Pensar nisso fez seu estômago revirar.

– Na verdade – ele disse –, não preciso procurar além desta cabana. Posso começar a lista com você.

Capítulo cinco

Dash observou atentamente as bochechas dela corarem até adquirirem um tom satisfatório de vermelho.

– O quê? – ela disse.

– Você – ele repetiu. – É uma mulher inteligente e linda.

Nora ficou obviamente atordoada com aquela declaração.

Porque não sabia disso.

E o fato de ela não saber deixava-o feliz de um modo perverso. Dash gostou de ser ele a lhe dizer isso. Significava que nenhum outro homem havia dito.

– Você nunca reparou em mim. Não dessa forma.

Errada outra vez, Nora.

Ele tinha reparado nela. Quando ela o acompanhava nas pescarias com Andrew. Em todas aquelas aulas de Matemática e Latim que Nora dava um jeito de participar. Ela sempre esteve na visão periférica dele.

E agora tinha entrado em foco. Olhos brilhantes e aguçados, pele livre das manchas da juventude. Uma abundância de curvas femininas.

– Quero dizer, eu acredito que você me dava algum crédito, intelectualmente. Quando éramos mais novos, você mostrava grande respeito pela minha inteligência.

Dash abafou uma risada. Claro que ele sabia que Nora era inteligente. Mas não era a mente dela que o distraía das demonstrações de geometria, muito menos que o assombrava durante as noites em claro.

– De onde você tirou essa ideia? – ele perguntou.

– Foram tantas as vezes em que meu pai pedia para você ir à lousa, mas você se recostava na cadeira e dizia: "Não sei a resposta, mas desconfio que a Srta. Browning saiba. Vamos deixar que ela tente". Lembra disso?

– Claro que lembro.

– Por que outro motivo você faria isso?

– Porque eu não podia ir até a lousa. Não sem passar vergonha.

– Não seja ridículo. Tenho certeza de que você devia saber as respostas. Sempre foi bom com números.

Ele esfregou os olhos.

– Ah, Nora. Eu tinha 16 anos. Números não tinham nada a ver com o motivo de eu me recusar a ir até a lousa. O problema eram as medidas. As suas.

– Não estou entendendo.

– Eu era um adolescente excitável. Você era uma jovem desabrochando. Consegue me entender agora?

Ela o encarou com um olhar perdido.

Parecia que ele teria que explicar aquilo.

– Você – ele estendeu as duas mãos em concha na direção dela – tinha seios. E eu – ele bateu as palmas no peito – tinha ereções.

– O quê? – Ela arregalou os olhos.

Oh, pelo amor de Deus.

– Quando um homem fica excitado, o...

Ainda bem que ela o interrompeu com um gesto.

– Eu entendo como a anatomia funciona. Só não consigo acreditar que eu provocava isso em você.

Sempre.

Nora sempre mexeu com ele. Diabos, estava mexendo nesse instante. Em meio ao conhaque, à pouca roupa que vestiam e às sombras provocantes que as chamas do fogão projetavam embaixo da orelha e entre os seios dela... O desejo tomou Dash. Com força.

Ele começou a perder a paciência com aquela conversa recatada.

– Isso basta para podermos afirmar – ele disse – que não é tão difícil encontrarmos beleza e inteligência em uma pessoa. E faz muitos anos que notei as duas qualidades em você. Então, mais uma vez eu pergunto: como você justifica esse manifesto calunioso? O que foi que eu perdi?

Pareceu que Nora iria falar. E Dash sabia o que ela diria.

Pelo menos Dash sabia o que *ele* queria que ela dissesse.
Vamos, sua mocinha evasiva. Diga logo.
Face ao silêncio de Nora, ele não teve escolha senão desafiar o blefe dela. Dash pegou a pena e a mergulhou no tinteiro.
– Então teremos um processo.

Meu coração, Nora quis gritar. *Você perdeu a oportunidade de ficar com meu coração.*

Só de observá-lo rabiscando o papel, Nora foi transportada de volta à juventude. Ela tinha passado muitas horas espiando por cima da cabeça abaixada de seu irmão para ver Dash escrever em sua tábua. E ele escrevia de modo tão estranho, com a mão esquerda toda torta. Ao contrário da maioria das crianças, ele não foi forçado a usar a direita. Aos 7 anos, já era um barão órfão. Quem poderia forçá-lo a qualquer coisa?

O fato de Dash ser canhoto ditou o modo como se sentavam. Ele ficava à esquerda de Andrew. Nora, à direita. Do contrário, eles ficariam batendo os cotovelos.

Quantas vezes ela se sentou àquela mesa, sonhando acordada com as mãos fortes ou com os cílios escuros de Dash, desejando que não houvesse nenhum Andrew entre eles?

Então veio aquele dia pavoroso em que não havia nenhum Andrew entre os dois, e ela se arrependeu de todos os seus desejos.

Nora não era do tipo supersticiosa. Ela sabia que a morte do irmão não era culpa sua. Não era culpa de ninguém, nem do cavalo.

Acidentes acontecem.

Mas depois que ele morreu, as aulas acabaram. Aquilo pareceu o fim de tudo para Nora. Não tinha perdido apenas o irmão, mas também a companhia de Dash – e perderia a chance de desenvolver seu aprendizado. Seu pai tinha permitido que ela se juntasse aos garotos enquanto ele os instruía, mas não via motivo para dar aulas apenas para Nora.

Ela nunca esqueceria da ocasião, quando Andrew já estava enterrado há quinze dias, em que Dash apareceu em sua casa.

Ela desceu a escada correndo para encontrá-lo parado no vestíbulo com os livros enfiados embaixo do braço.

Ele fez uma reverência e se dirigiu ao pai dela.

Senhor, vamos continuar como antes?

Eles foram então para o escritório do pai dela e se sentaram nas cadeiras de costume. Dash à esquerda. Nora à direita. E aquele horrendo espaço vazio entre eles. De algum modo, eles conseguiram continuar. Não apenas com as aulas de Matemática e Latim, mas com a vida.

Enquanto o pai dela escrevia um exemplo na lousa da parede, Dash estendeu o braço por baixo da mesa, vencendo o espaço vazio, e pegou a mão de Nora.

Oh, àquela altura fazia anos que ela estava encantada por ele.

Naquele momento, o encanto tornou-se amor.

Eles estudaram assim durante horas. Os dedos entrelaçados debaixo da mesa em segredo enquanto cada um escrevia com a mão livre. E a cada minuto que o relógio contava, o coração de Nora ficava mais perdido.

Não havia como evitar, ela via isso agora.

Seu coração era dele, e sempre seria.

Mas ela morria de medo de lhe contar isso. E se ele conhecesse os segredos do coração dela, assim como reconhecia sua beleza e sua inteligência?

– Dash – ela sussurrou –, você perdeu...

Ele largou a pena.

– O que foi que eu perdi, Nora. O quê?

Diante da expressão impaciente e furiosa dele, Nora perdeu a coragem. O risco era grande demais. Ela não sabia se conseguiria suportar que ele a rejeitasse de novo.

Mas lá estava ele, esperando sua resposta.

Nora foi tomada por algo louco e estúpido. *Orgulho*, ela pensou.

– Apenas o maior prazer da sua vida. – Ela deixou a colcha cair de seus ombros, jogou o cabelo com a cabeça e empinou o peito. – Nós poderíamos ter sido amantes magníficos.

Capítulo seis

Pela terceira vez, Pauline arrumou os doces no prato diante dela. Biscoitos de especiarias, bolinhos de nozes, *petit fours* com cobertura.

Ela recuou para observá-los e estudar a simetria de sua disposição. Então pegou um e enfiou na boca.

– Oh, não! – Charlotte Highwood exclamou. – Não vai sobrar nenhum para amanhã.

– Tem mais quatro bandejas na cozinha – Pauline murmurou com a boca cheia de bolo. – Mas é bem provável que o evento seja cancelado.

– Não se preocupem – Kate disse. – Nossos quatro maridos estão procurando a Srta. Browning. Eles não podem falhar.

Charlotte colocou um biscoito na boca.

– Lembrem-se de que um desses quatro homens é Colin.

– É surpreendente como Colin pode ser engenhoso, às vezes – respondeu Minerva, irmã de Charlotte e mulher de Colin, o visconde problemático em questão.

– Parece tão estranho que nós fiquemos aqui, sentadas comendo doces – disse Susanna Bramwell, Lady Rycliff, também se servindo de doces. – Empoderamento feminino é a razão pela qual comecei a convidar as mulheres a virem para Spindle Cove. É a razão pela qual você convidou a Srta. Browning para vir discursar. E aqui estamos, sentadas, esperando que os homens salvem o evento.

– Os homens precisam se sentir necessários de vez em quando – afirmou Kate.

– Falando de fazer os homens se sentirem necessários... – Minerva interrompeu o ato de levar um pedaço de bolo de nozes à boca. – ...o marido de alguma de vocês pareceu estranhamente... uhn... determinado antes de sair, esta tarde?

– Agora que você falou – Susanna respondeu lentamente –, Bram parecia mesmo muito concentrado em um objetivo.

Ela, Minerva e Kate se entreolharam.

Sem responder, as três mulheres casadas continuaram comendo bolo.

Pauline não conseguiu deixar de ficar com inveja do modo como elas coraram. Griff tinha estado fora pelo que parecia uma eternidade, e eles nem ficaram juntos de verdade. Ela se sentia culpada pelo modo como se despediram. Nesse momento os dois poderiam estar rolando na cama, em vez de Griff estar lá fora em algum lugar coberto de gelo.

A Sra. Highwood levantou de uma mesa próxima e se juntou a elas, derrubando com seu leque um terceiro bolinho da mão de Charlotte.

– Pare de se entupir de doces, Charlotte.

– Mas Pauline está preocupada. Nós estamos consolando-a... e a nós mesmas. – Charlotte franziu o rosto para a mãe. – E por que você está segurando um leque, afinal? Está nevando lá fora.

– Meus nervos não sabem qual é a estação. – A Sra. Highwood se abanou com vigor. – Eu, por minha vez, ficarei feliz se a Srta. Browning não aparecer. Ensinar às jovens que elas não precisam casar para ter valor? Rejeitar a opinião dos cavalheiros? É chocante. Assustador. Se ela de fato vier, Charlotte, você não terá permissão para assistir a essa palestra.

Pauline viu Minerva e Charlotte trocarem um olhar exasperado. As irmãs Highwood estavam fartas de conhecer os nervos da mãe, bem como suas eloquentes opiniões sobre casamento. Era de se pensar que ter as duas filhas mais velhas bem casadas permitiria que a matriarca relaxasse a respeito do futuro de Charlotte.

Pelo contrário, a Srta. Highwood parecia ter redobrado sua determinação.

– Não olhe para estas mulheres em busca de orientação, Charlotte – disse a mãe. – Ou, se tiver que olhar, siga o exemplo delas, não suas palavras. Elas sabem da importância de um casamento vantajoso. – Com o leque dobrado, ela apontou para Susanna, Minerva e Pauline. – Casadas com um conde, um visconde e um duque.

– Mas nós casamos por amor, Sra. Highwood, não para obter vantagens – disse Susanna.

Kate levantou a mão.

– E eu escolhi um soldado, quando poderia ter me casado com um marquês.

– E sua própria filha mais velha casou com um ferreiro! – Charlotte exclamou.

– Diana casou com um artesão – a mãe a corrigiu. – E não precisa me lembrar disso. – Ela abriu o leque e se abanou furiosamente. – Então me ajude, Charlotte. Se você fugir com um açougueiro antes mesmo de ter sua primeira Temporada...

– Não tenho nenhuma intenção de fugir com um açougueiro. Nem com um padeiro ou fabricante de velas. Ao contrário das minhas irmãs, eu gosto de dançar e adoro festas. Espero com ansiedade minha Temporada.

– Graças aos céus. Eu sabia que tinha parido pelo menos uma filha sensata.

– Na verdade – Charlotte continuou –, espero ter pelo menos cinco Temporadas em Londres antes de pensar em me casar.

Com um gemido dramático, a Sra. Highwood se afundou em uma cadeira e pegou um bolinho.

– Magníficos – Dash repetiu. – Nós teríamos sido amantes magníficos. Esse é seu argumento.

– É.

– Você, uma virgem inexperiente, de bom berço, sabe como dar prazer a um homem. Melhor que uma viúva alegre ou uma cortesã.

Um arrepio a sacudiu. Nora começou a se preocupar que ele pudesse querer ver o blefe dela – e como ela reagiria, se ele o fizesse.

Apesar disso, ela não podia recuar.

– Não me importa quantas amantes você teve, nem quanta experiência elas tinham. – Nora levantou seu dedo indicador. – Eu tenho mais paixão na ponta deste dedo do que elas têm no corpo todo.

Dash apoiou um cotovelo na mesa. Um sorriso brincou nos cantos de seus lábios.

– Ora, Elinora Jane Browning. Que diabos você andou fazendo com esse dedo?

– Bem que você gostaria de saber. – Ela manteve o tom provocador, tentando não trair o estado de seus nervos.

– Acho que eu gostaria, sim.

O olhar dele percorreu lentamente o corpo de Nora, detendo-se no volume dos seios onde transbordavam o espartilho. Ela sentiu o pulso acelerar e a respiração ficar entrecortada.

Como ele conseguia fazer isso com ela? Ele nem precisava tocá-la. Ele nem tinha que falar. Só uma passada daqueles olhos intensos e os mamilos dela ficavam duros, arranhando-se no tecido de sua camisola.

Ele notou.

– Está frio aqui – ela disse, boba.

– Bem – ele respondeu. – Nós não podemos permitir isso.

Dash levantou de seu lugar à mesa e a rodeou, indo parar diante de Nora. O trajeto todo foi de apenas três passos, mas para Nora pareceu durar uma eternidade. A tensão cresceu entre eles. Os mamilos dela estavam doendo, e uma pulsação difusa latejava na junção de suas coxas.

Lenta e deliberadamente, ele recolheu a colcha onde ela a tinha deixado cair, sacudiu-a e então a recolocou ao redor de Nora.

– Pronto. – Ele apertou a coberta nos ombros dela. – Melhor assim?

Ela não soube como responder. Seus sentidos estavam embaralhados pelos aromas de conhaque, couro e almíscar. Não conseguia parar de olhar para a abertura no colarinho dele, nem para os pelos castanhos que a camisa emoldurava.

– Nora. – A voz dele estava rouca. Íntima. – Se você acha que a ideia de seduzi-la em uma cabana me passou pela cabeça, posso lhe garantir que está enganada. Muito enganada.

– Então, o que o deteve?

Ele recuou um passo, interrompendo o transe dela.

– Minha boa educação, é claro.

– Sua boa educação. Por favor. Que parte da sua boa educação apareceu quando você estava em Londres?

Ele torceu o canto da boca.

– Londres, é verdade. Isso foi feio da minha parte, admito.

– Feio – Nora repetiu, imitando a voz grave dele. – Você prometeu ao meu pai que cuidaria de mim em Londres. Eu esperei três semanas na casa da minha tia, na Praça Berkeley, antes de você se dignar a aparecer. E quando o fez, irrompeu na sala de visitas dela com a barba por fazer e cheirando a conhaque. Pior, a perfume francês. Mas eu lhe perdoei porque, finalmente, você estava lá, e me convidou para uma noite no teatro com seus amigos.

Ele passou a mão no rosto.

– Até que enfim, eu pensei. Esta é a Temporada em Londres com a qual sonhei. Você deve saber que eu nunca liguei para ir a bailes e dançar. Eu ansiava por cultura. Experiência. Ópera, exposições, salões literários. Eu queria fazer parte de um círculo novo e estimulante da sociedade, e você era minha única forma de acesso. Eu passei quatro horas me arrumando naquela noite. Meu melhor vestido de seda. Luvas novas. Cada mecha de cabelo no lugar. – Ela riu de si mesma ao lembrar. – Eu fiquei com tanto medo de envergonhar você. Falei com meu reflexo no espelho em alemão, francês e italiano. Li os jornais da semana duas vezes. E então.

– Então eu a levei ao teatro. Como prometido.

– Ah, sim, você me levou. Nós dividimos um camarote com seus amigos esbanjadores de Oxford e as prostitutas deles, que riram e conversaram grosseiramente durante o primeiro e o segundo ato. E você me ignorou. Tive que assistir a uma mulher de vermelho prender uma taça de champanhe no decote. E então vi você beber dali.

– Eu fui um cretino nessa noite. Eu sei.

– Eu sei que você sabe. Pois fez isso de propósito, em público, de modo calculado, com o objetivo claro de me decepcionar. De me ferir. O que eu quero é saber o porquê.

– Você já não sabe? Você, que afirma me conhecer melhor do que eu mesmo?

— Eu quero ouvir você dizer.

Dash ficou em silêncio.

A fúria contida de Nora só crescia.

— Meu pai tentava arrumar desculpas para você, sabia? Quando eu voltei para casa, ainda chorando e me sentindo humilhada, ele tentou me dizer que a morte de Andrew tinha sido dura para você, que devia estar sofrendo.

— Ele tinha razão. Eu *estava* sofrendo.

— Minha mãe também tentou me consolar. Ela disse que os homens na sua idade precisam fazer loucuras.

— Ela também tinha razão. Eu era um jovem de 22 anos, rico, com vontades normais e apenas alguns problemas de comportamento.

— Você foi um covarde! — ela exclamou.

Ele estremeceu.

— Você foi um covarde. Sabia que eu tinha esperança. Esperança que era compartilhada pela minha família. Em vez de me dispensar em particular, com gentileza, como mandam as noções básicas de respeito, você decidiu me transformar em um espetáculo, me humilhar em público, me fazer de boba.

— Eu fui insensível, tenho que admitir. Imaturo. E você também. Você tinha expectativas juvenis, irreais. Eu sei como a imaginação das mulheres funciona, indo da atração ao matrimônio em um segundo. Era provável que, na sua cabeça, você já estivesse à procura de nomes para nossos filhos e escolhendo novos tapetes para Westfield Chase. Bordando "Lady Dashwood" no seu enxoval.

— Está errado — ela tentou desconversar. *Em parte.* — Eu detesto bordado.

Além do mais, ela só tinha escolhido nomes de meninas. Ela planejava deixar que Dash escolhesse os nomes dos garotos.

— Eu tinha respeito por sua família — ele disse. — E por você. Muito mais respeito, arrisco dizer, do que você demonstrou por mim.

— Você tinha respeito por *mim*? Ah, que ótimo. Tirando aquela exibição em Londres, você nem se despediu de mim quando aceitou o posto com Sir Bertram.

— Eu fiz uma visita a Greenwillow.

— E falou com meu pai, sim. Ouvi você do alto da escada.

— Eu imaginei que você tivesse saído.

— Você sabia que eu estava lá. Desci correndo para cumprimentá-lo. Eu disse para mim mesma que precisava ser mais orgulhosa, mas não consegui evitar. Ainda assim, demorei demais. Você já tinha saído pela porta. Eu fiquei lá, parada na entrada, olhando para você descendo a rua. Você nem olhou para trás.

Os olhos de Nora ardiam. Ela se obrigou a respirar fundo, lentamente. Muito tempo antes tinha jurado para si mesma que nunca mais derramaria outra lágrima por ele.

— Eu costumava sonhar — ela disse. — Sobre o que teria acontecido se eu tivesse corrido atrás de você naquele dia, alcançando-o na rua... Eu poderia ter feito você ficar. Poderia ter feito você mudar de ideia.

— Nora. — Ele exalou o nome dela como um suspiro de cansaço. — Você não teria conseguido me fazer ficar.

— Você não pode afirmar isso.

Ele ficou em silêncio por um longo momento.

— Muito bem, então. Esta é a sua chance.

— O quê?

— O que você teria dito ou feito? Vamos ouvir agora. Você disse que reviveu a cena várias vezes na sua cabeça.

— Bem, se vamos reviver a cena — ela disse —, você precisa fazer sua parte. Você estava indo embora.

— Tudo bem. — Ele foi até a porta e levantou a tranca de madeira. — Aqui estou eu, indo embora de Greenwillow Hall.

Ele abriu a porta. Uma rajada de vento gelado invadiu a cabana, violenta e feroz.

— Esta é sua última chance, Nora. Convença-me. Dê-me uma razão para eu ficar.

Com um último olhar desafiador para ela, Dash saiu.

Ela foi até a porta aberta, observando-o se afastar dela pela segunda vez na vida. Deixando grandes pegadas na neve que se acumulava no chão.

Sem olhar para trás.

— Estou longe o bastante? — ele perguntou, sem se virar.

— Mais longe — ela disse para ele. — Continue andando.

A figura dele foi diminuindo e sumindo enquanto Dash adentrava a noite com neve.

Por um instante, Nora pensou em bater a porta e passar a tranca. Ela não precisava provar nada para ele. Não mais.

Ficou ali, olhando. Ele não diminuiu o passo. E não olhou por sobre o ombro nem uma única vez. Como se fosse abandoná-la de novo. Ficando cada vez menor, derretendo na noite escura.

Deixe-o ir, ela disse para si mesma.

Mas algo no coração dela se retorceu e estalou, como um elástico que é puxado até o limite, depois largado. Aquilo doeu. Tirou o equilíbrio dela. E sem saber muito bem o que estava fazendo...

– Espere.

Ela pegou a bainha da roupa íntima, levantou-a até os tornozelos, e saiu na neve, chamando o nome dele em meio ao vento uivante.

– Dash! Dash, espere.

Quando conseguiu alcançá-lo, Nora estava sem fôlego. Ela pôs as mãos nos ombros dele – aqueles ombros largos e fortes – para virá-lo para si.

– Espere. Não vá. Volte para dentro. – Ela passou os braços ao redor do pescoço dele. – Fique comigo.

E então o beijou.

Não importa quantas vezes ela tinha pensado nesse momento... como sonhou, planejou, coreografou, imaginou que iria persuadi-lo a ficar... nada disso importou. Ela agiu por puro instinto, levada por impulsos e desejos que vieram de dentro dela. Que vieram do coração.

Ela apertou seus lábios contra os dele e o toque de gelo entre os dois logo se transformou em fogo. Em um calor delicioso, inebriante, com sabor de conhaque. Ela queria mais. Nem ocorreu a Nora que ele estava parado, imóvel como se estivesse congelado, sem corresponder. Fazia tanto tempo que ela queria tocá-lo, e agora as mãos dela estavam na firme nuca exposta dele; os dedos dela se enrolaram no cabelo castanho revolto. Ela saboreou os lábios dele, inclinando a cabeça para o lado e esticando-se para ficar mais alta. Dando beijos leves na boca dele, de novo e de novo.

– Fique – ela sussurrava entre os beijos. – Fique comigo.

O vento gelado pegou a barra da *chemise* dela e a puxou, colando o tecido fino em seus tornozelos. Nora estremeceu e apertou o corpo inteiro no envolvente calor masculino que Dash emanava. Ele era mais quente que qualquer fogo. Como se tivesse absorvido o sol das praias tropicais e o levasse consigo, guardando-o para esse momento – para que pudesse doar esse sol para Nora naquela fria noite nevada da Inglaterra.

Ela interrompeu o beijo e o encarou. A luz fraca da cabana iluminava metade do rosto dele. Dash era metade luz, metade escuridão. Ela o queria por inteiro. Sempre quis.

Ele exalou o nome dela mais uma vez.

E dessa vez não soou como um suspiro exasperado ou uma reclamação cansada. Dessa vez soou como uma confissão. Uma praga. Uma oração.

Os braços fortes dele a envolveram, colocando-a na ponta dos pés. E sua boca tomou a dela.

Não havia neve. Nem frio. Nem vento. Nada de escuridão. Apenas uma conflagração ardente, intensa, de desejos que parecia iluminar toda a noite.

Quando, enfim, ele levantou a cabeça, Nora tinha certeza de que a terra debaixo deles estaria queimada.

Um floco de neve pousou no rosto dela. Ele o tocou com a ponta do polegar.

– Então? – ela disse num suspiro.

– Querida e doce Nora. – Ele acariciou o rosto dela. – Ainda assim eu teria partido.

O patife.

Ela soltou um grito ultrajado e chutou-o no tornozelo. Dada a grossura das botas dele, o gesto causou mais danos aos dedos do pé dela do que ao tornozelo do canalha. Mas ajudou-a com seu orgulho ferido.

Ela lutou para se soltar do abraço, mas ele a segurou com firmeza.

– Escute – ele pediu. – Você deveria me agradecer.

– Vou lhe agradecer assim que me soltar e for embora, como declarou que preferiria fazer.

– Como teria sido nossa vida se eu ficasse? Se pedisse sua mão, como sei que você estava esperando. Como sei que agradaria aos seus pais. Como eu mesmo fiquei tentado a fazer.

Ele ficou tentado a se casar com ela? Dash pareceu ler a mente de Nora.

– É claro que eu fiquei tentado, Nora. A sua família era a única que eu conhecia. Você não consegue imaginar como eu desejava tornar permanente nossa ligação. Mas isso não teria sido justo com você, que não queria se casar por sua família nem por segurança.

Ela revirou os olhos.

– Então você me fez um favor. Devo me sentir *grata*.

– Deve. Nós teríamos ficado contentes? Imagino que sim. Talvez até felizes. Mas nunca teríamos expandido nossos limites nem desenvolvido o que temos de melhor e mais valente. Eu não seria um cartógrafo. Você não seria uma escritora.

Ele pôs as mãos nos ombros dela e a afastou de si, deixando seu olhar passear pelo corpo dela.

– Deus, olhe só para você. Está famosa. Convidada para palestras em toda Grã-Bretanha. É admirável. Você é admirável. Não precisa de mim para ir a salões literários ou exposições. Você também não precisa da minha admiração.

– Mas não consigo parar de querê-la. – Ela bateu o pé descalço na neve. O frio ardeu em seus dedos. – Isso é o que me deixa mais brava. Não consegue ver? Por dentro eu continuo aquela jovem de 18 anos que deseja ser notada. Não importa o modo grosseiro como você me tratou, nem quantos anos passaram, ou o quanto eu realizei. Não consigo parar de precisar da sua opinião. Não consigo parar de sentir saudade de você, nem de me preocupar quando você viaja. Nem de imaginar o que você pensaria de um artigo no jornal, ou se riria de uma piada. Não é uma questão de lógica, ou eu teria resolvido isso há muito tempo. O problema é no meu coração. Eu continuo...

– Continua o quê? – ele perguntou.

– Dash. – Ela engoliu em seco e o encarou. – Você não sabe mesmo? Eu sempre...

Blam.

Capítulo sete

Eles mergulharam em uma escuridão total.

Dash ficou completamente desorientado. Aquele beijo – e ela estava errada; "magnífico" não era suficiente para descrevê-lo – tinha embaralhado suas ideias. Ele sentia como se tivesse sido pego por uma tempestade no Atlântico, jogado de um lado para outro no porão de um navio, e então descarregado em Sussex.

Passaram-se alguns instantes até o raciocínio voltar ao normal e ele entender o motivo da escuridão que os envolveu. Atrás dele, a porta da cabana tinha se fechado.

– Oh, não! – Nora exclamou.

– Não se preocupe – Dash a tranquilizou. – A porta não está no prumo, ela só fechou. Isso não vai ser um problema a menos que...

Bangue.

O barulho sacudiu a coluna vertebral dele.

– A menos – ele disse – que a tranca caia no lugar. Desse jeito.

Droga. Droga! Maldição.

Dash se obrigou a ficar calmo. Talvez a situação não fosse tão ruim como receava.

Soltando Nora, ele foi até a porta e a empurrou.

Sua força encontrou uma resistência firme, sólida, inflexível.

Droga, maldição, inferno. Que azar desgraçado. A tranca tinha caído bem no lugar, e, mais cedo, Dash tinha puxado o cordão que fazia ser possível abrir a porta pelo lado de fora, para que ficassem em segurança lá dentro.

Rá.

Nora correu até o lado dele. Ela bateu na porta, sem mais sucesso do que Dash momentos antes.

Ela se virou e o fitou, os olhos arregalados no escuro. Cristais de gelo prenderam-se aos cílios. Suas pupilas dilatadas pareciam refletir a sensação sombria de catástrofe que crescia dentro dele.

Nora era uma mulher inteligente, e soube tão bem quanto ele que a situação era terrível.

Eles estavam trancados para fora do único abrigo. No frio. Vestindo pouco mais que a própria pele.

E ninguém viria ajudá-los. Não até de manhã, pelo menos, e até lá eles estariam completamente congelados.

Droga, maldição, inferno. Mas essas palavras eram insuficientes a essa altura.

Dash tinha passado boa parte dos últimos quatro anos em um navio. Ele sabia xingar em doze línguas diferentes e, nesse momento, pensou em palavrões em cada um desses idiomas.

Mas em consideração a Nora, não pronunciou nenhum deles em voz alta.

– Caralho – ela disse.

A palavra ficou no ar, afiada e clara.

Dash riu, e de repente o desespero pareceu um pouco menor.

– Uma lady não deveria conhecer essa palavra.

– Uma lady não deveria *usar* essa palavra – ela o corrigiu. – E devo admitir que nunca a usei antes. Mas para que eu a estava guardando, se não para este momento?

Fazia sentido.

Ele concordou com a cabeça.

– Caralho.

Ela abriu um sorriso batendo os dentes, e passou os braços ao redor de si mesma.

– Pelo menos – ela disse –, da próxima vez em que você estiver amarrado a um mastro durante uma tempestade no Cabo da Boa Esperança, vai poder dizer: "P-poderia ser pior". A risada seca dela foi preocupante.

Dash queria abraçá-la, juntar pele com pele, aquecê-la com seu corpo o melhor que podia. Mas isso não duraria muito tempo.

O melhor que podia fazer, racionalmente, era encontrar um modo de entrar. Colocá-la perto do fogo.

– Fique de lado – ele disse.

– Para quê?

Dash não se preocupou em responder. Ele precisava conservar sua energia para agir, não para falar.

Ele recuou um, dois, três passos. Então firmou o calcanhar no chão, apertou os dentes e atacou com violência a porta, usando o ombro como um aríete. Quando trombou com o painel de madeira, a dor reverberou por seus ombros e pelo braço.

A porta tremeu, mas a tranca não cedeu.

Ele recuou e tentou de novo.

Quando Dash colidiu com a porta pela segunda vez, Nora soltou uma exclamação abafada que parecia expressar aflição.

– Dash, pare. Você vai se machucar, e isso não vai nos ajudar em nada.

– Se eu não nos colocar para dentro – ele disse, recuando para mais uma tentativa –, nós dois vamos morrer.

Ele arremeteu contra a porta uma terceira vez, mirando nas dobradiças. Talvez elas fossem mais cordatas que a tranca. De novo, o painel de madeira tremeu, mas recusou-se a ceder. E de novo a dor explodiu como um tiro no braço e nas costas dele.

Dash rugiu de frustração.

– George, por favor.

George.

Ela só o chamava assim quando estava com medo.

– Por mais que seja divertido assistir a isso – Nora sugeriu –, quem sabe nós possamos encontrar outro modo de entrar? Tem a janela.

Ele meneou a cabeça, mesmo andando até o lado da cabana para espiar.

– É pequena demais. Parece só um buraco de ventilação.

– Acho que eu consigo passar por ali, se você me levantar.

– Está trancada, também – ele disse, levando as duas mãos até a veneziana e a sacudindo. – Por dentro.

Dash chutou um monte de neve, o que não ajudou em nada, mas a sensação foi boa. Precisava pensar em algo.

– Nós podemos voltar para a carruagem – Dash sugeriu. – Pelo menos é um abrigo contra a neve e o vento, e seu baú está lá. Podemos usar o tapete da carruagem para nos aquecer.

– Está longe demais – ela disse. – E agora está escuro. A neve cobriu nosso caminho. Podemos ficar vagando por horas.

– Horas, não. Vamos congelar muito antes disso. – Ele passou a mão pelo rosto. – Jesus Cristo.

Dash olhou para ela. Seus olhos tinham se ajustado à escuridão, e havia uma réstia de luz escapando pelas frestas da porta que lhe permitia vê-la.

Nora estava tão pálida. Talvez fosse apenas uma ilusão da noite e do luar – ele pediu a Deus para que fosse isso –, mas os lábios dela pareciam ter adquirido um tom fúnebre de azul.

E, bom Deus, ela estava descalça.

Ele a puxou para si, brusco, envolvendo-a com seus braços e colocando os pés dela sobre suas botas. Dash moveu os braços rapidamente para cima e para baixo tentando diminuir o tremor dela.

– Eu sinto muito – ela disse, enterrando o rosto no peito dele. – Tudo isso é culpa minha.

Agora *essa* era uma declaração atípica. Ele ficou preocupado de verdade com ela. Nora estava ficando demente com o frio.

– Não, você está enganada – ele afirmou. – A culpa é minha. *Toda minha.*

Muito mais do que ela poderia saber.

– Não, não. A ideia foi minha. Meu joguinho estúpido. Sair na neve para beijá-lo? Quase sem roupas? Que ideia estúpida! – Ela ergueu a cabeça. – Por que você não me disse que era uma ideia tola?

Ah, então era um pouco culpa dele, afinal. Apesar do frio, ele sentiu os cantos dos lábios erguendo em um sorriso. Essa era a Nora que ele conhecia.

– Eu acho – ele começou – que é porque eu gostei da ideia de beijar você na neve. Quase sem roupa.

– Nós sempre tivemos uma ligação, não tivemos?

Ele concordou.

– Nós teríamos sido muito bons, juntos. Diga-me que você também pensa isso.

– Eu penso. – Ele concordou.

– Eu sabia que não podia ter sido só a minha imaginação. Pelo menos eu vou para o túmulo sabendo que estava certa quanto a isso.

Um tremor violento sacudiu Nora, e depois ela parou. Isso não podia ser bom.

As pontas das orelhas dele tinham ficado dormentes, e o frio ardia em seus lábios e nariz. Ele puxou a cabeça de Nora para seu peito e enterrou o rosto no cabelo dela.

– Fique calma – ele sussurrou.

– Não posso ficar calma. Nós temos que fazer alguma coisa. – Ela se animou com um surto repentino de energia. – Não vou morrer assim tão fácil.

Não, minha querida. Você nunca se entregaria assim.

– Nós sempre fomos melhores em resolver problemas como uma equipe. – Ela se virou para investigar a janela e o batente. – É claro que as dobradiças ficam por dentro. Não podemos removê-las.

– E a janela é muito alta para eu tentar arrebentá-la. Se tivesse um machado, poderia tentar parti-la. – Ele empurrou a emenda de duas tábuas, testando o fecho. – Se nós tivéssemos algum tipo de alavanca fina, talvez pudéssemos passá-la pela fenda e levantar o fecho.

– M-meu espartilho – ela disse, puxando a manga dele. – Tem um osso de baleia no centro, bem aqui.

Ela traçou uma linha do meio do esterno até o umbigo, delineando a forma de uma barra estreita.

Ele segurou o tronco dela com as mãos e passou o polegar pelo osso de baleia com um polegar de largura.

– Isso pode ser o que precisamos. Só temos que tirá-lo daí.

Ele segurou o bojo do espartilho com as duas mãos e puxou em sentidos opostos.

– Você está querendo rasgar no meio?

– Eu já vou conseguir, num instante. – Ele firmou os pés no chão, agarrou com mais força e tentou de novo. – Esta costura... é incrivelmente... forte. – Ele soltou e recuou, respirando com dificuldade. – Como os piratas conseguem fazer suas más ações?

Ela riu.

– Não sei quanto aos piratas, mas sei que as costureiras fazem estas coisas c-com uma abertura. – Ela guiou os dedos dele até o vale entre seus seios. – Bem aqui. Para colocar e tirar o osso.

Os dedos dele seguraram a ponta da tala fina e a puxaram para fora.

– Ah, estou vendo. Assim faz mais sentido.

– Eu pensava que você soubesse o que fazer com a roupa íntima de uma mulher.

Dash meneou a cabeça. Não havia tempo para discutir isso. Nem para admirar a maciez deliciosa dos seios dela.

– Eu vou levantar você – ele disse e, pondo um pé à frente, transformou o joelho num apoio. – Assim. Você vai ter que empurrar a veneziana com o ombro e enfiar a tala na fresta.

– Eu sei. – Os dentes dela bateram.

– Suas mãos estão quentes? Porque se você tremer e deixar essa coisa cair lá dentro antes de soltar o fecho, nós estamos perdidos.

– Eu *sei*. Mas não estou ficando mais quente.

Dash não se convenceu. Ele tirou a tala da mão trêmula dela e a segurou com os dentes. Então ele levantou a barra da própria camisa e puxou as mãos geladas dela para seu abdome, depois juntou os corpos.

Por Deus. Foi bom que ele tinha algo para morder. O choque das mãos geladas dela em seu torso foi uma tortura.

Mas logo as mãos começaram a se aquecer, até controlarem o tremor. Nora as esfregou para cima e para baixo, traçando os contornos dos tensos músculos abdominais dele com os dedos.

Aqueles dedos provocantes, carregados com a paixão daquela mulher. Era uma tortura de um tipo diferente.

– Estou pronta – ela disse. – Acho que já chega.

Não, não. Claro que não chegava. Dash queria aquelas mãos em todo seu corpo.

Mas primeiro ele queria entrar na cabana.

– Fique firme – ela disse, apoiando uma mão no ombro dele. – Se no meio dessa nossa operação você fraquejar, a veneziana vai esmagar meus dedos.

– E você nunca mais vai conseguir segurar uma pena para escrever. E isso seria, literalmente, uma pena.

Nora olhou horrorizada para ele.

– Só estou brincando, Nora. *Nora*. – Ele estendeu a mão para ela. – Eu juro que nunca mais vou machucá-la.

Ele tocou o rosto dela e ficou chocado com sua palidez gelada.

– Vamos continuar a conversa lá dentro. No três: Um, dois...

Ela apoiou o pé no joelho dele e Dash colocou o pequeno e belo traseiro redondo dela em seu ombro. Em seguida, fez sua melhor imitação de uma gárgula de pedra enquanto ela enfiava a tala de osso de baleia na fresta da veneziana.

– Está conseguindo? – ele conseguiu dizer. Os músculos do ombro começaram a endurecer.

– Quase – ela disse, a voz etérea. – Está se movendo.

Dash rilhou os dentes contra a dor e firmou os calcanhares na neve.

– Não precisa se apressar.

Com um rangido, a veneziana cedeu, derramando um quadrado de luz amarela na neve.

– Maravilha – ele disse, colocando um braço ao redor dos joelhos dela e uma mão sob o traseiro. – Agora vou levantá-la mais, para você entrar.

Ela baixou os olhos para ele.

– Prometa que não vai olhar por baixo da minha camisola.

– Estou congelando. Nós corremos o risco de morrer de hipotermia. Olhar por baixo da sua camisola é a última coisa em que estou pensando.

Ela produziu um som que manifestava dúvida.

Uma dúvida que fazia sentido, Dash teve que admitir. Embora fosse verdade que os dois corriam o risco de morrer congelados, olhar por baixo da camisola dela não era a última coisa em que ele estava pensando.

Não estava nem perto de ser a última.

Talvez fosse uma das primeiras três ou quatro coisas na cabeça dele, se fizesse uma lista.

Afinal, parecia um bom modo de morrer. Uma breve visão do paraíso antes de as luzes se apagarem.

Apesar disso, ele reuniu o que restava de sua reserva de cavalheirismo para resistir à tentação.

Mais um grunhido e um empurrão dele e ela ficou com metade do corpo para dentro.

– Vá com cuidado agora – ele a alertou quando ela passou o joelho pela janela. Mas o vento e o frio sumiram com as palavras dele. Dash não ouviu a resposta.

Na verdade, ele não ouviu nada...

Até soar um baque surdo que quase fez seu coração parar.

Capítulo oito

Griff puxou as rédeas de sua montaria, fazendo-a parar em uma encruzilhada. Colin, Bram e Thorne fizeram o mesmo, aproximando-se dele à espera de orientação.

Já devia passar de meia-noite, Griff supunha. Ele não estava curioso o bastante para descongelar os dedos de onde estavam, segurando as rédeas, para procurar o relógio no bolso.

Não importava quão tarde estivesse. Estava escuro e frio, e os cavalos se deslocavam cada vez mais lentamente pela neve. E apesar de vasculharem com cuidado os últimos trinta quilômetros, não tinham encontrado nem sinal da carruagem ou da Srta. Browning.

– A carruagem deveria estar vindo por ali. – Ele apontou o queixo na direção da saída a leste. – Vamos continuar a rota ao contrário, parando em cada interseção, estalagem e taverna para perguntar dela. Ou estão vindo muito devagar, ou pararam em algum lugar para esperar a chuva passar.

– Nevasca – Thorne o corrigiu, tirando a neve acumulada em sua manga.

– Para esperar a nevasca passar, então. Certo.

– Esperem. – Colin disse. – Acho que precisamos de um nome.

– Um nome?

– Um nome. Sabe, para nosso grupo. Nós poderíamos ser um time de críquete ou uma quadrilha de criminosos usando isto. – Ele indicou o próprio cachecol, uma peça mal tricotada em lã violeta e verde.

Os cachecóis foram um presente da mãe de Griff, a Duquesa-mãe de Halford. A mulher era uma ameaça ao tricô.

– Nós não precisamos de um nome – Bram disse.

– Não, não *precisamos* – Colin concordou. – Mas um nome tornaria nossa expedição muito mais divertida.

Griff colocou o cavalo em movimento.

Colin, como sempre, não se deixou vencer.

– Que tal Os Filhos do Vício – ele sugeriu, a voz sendo levada pelo vento. – Ou Os Nobres Perdidos. Os Camaradas Caídos? Os Infernais. Oh, eu sei: O Duque e seus Devassos.

Griff meneou a cabeça. O Duque e seus Devassos? Este nome quase conseguia descrever sua vida anterior. Antes de Pauline, ele vivia rodeado dos piores tipos de canalhas. Colin Sandhurst entre eles.

Não era de admirar que Pauline tivesse desconfiado dele quando Griff se recusou a dizer quem era o amigo misterioso que atrasou sua viagem.

– Nós não precisamos de um nome – ele repetiu.

– Um tema musical, pelo menos?

– *Não.*

Essa resposta veio em uníssono de Griff, Bram e Thorne.

Colin bufou.

– Vou dizer uma coisa: vocês não têm senso de aventura.

Eles pararam e desmontaram para dar água aos cavalos. A camada de gelo que cobria aquele regato era a mais espessa que eles tinham encontrado até então.

– Não se preocupe – Bram disse. – Se a Srta. Browning não chegou até aqui, significa que parou antes que a tempestade ficasse ruim de verdade. Ela deve estar abrigada em alguma estalagem perto de Rye.

– É provável – Griff concordou.

E ele sabia que obrigar seus amigos a continuar aquela busca era bobagem.

– Vocês devem voltar – ele disse para os três. – Protejam-se naquela taverna por onde passamos há algumas milhas. Aqueçam-se antes de voltar para casa. Eu vou continuar sozinho.

Thorne praguejou.

– O que meu amigo aqui quer dizer – Bram explicou –, é que isto não é nada. Somos da infantaria. Nós marchamos pelos Pireneus no auge do inverno. Duas vezes. – Ele deu uma olhada na direção de Colin. – Contudo, não posso falar pelo meu primo.

– Pois você sabe que eu atravessei toda a Inglaterra em menos de quinze dias – Colin disse, obviamente não querendo ficar por baixo. – Usando transporte público em parte do trajeto. E havia lama.

Piadas à parte, Griff sabia que Colin não gostava de viajar à noite – e por um bom motivo. Mas ele estava ali por amizade, assim como Bram e Thorne.

O tamanho do círculo social de Griff podia ter diminuído desde que ele tinha casado com uma garçonete, mas a qualidade de suas amizades tinha crescido imensamente.

– Mostre-nos o caminho, Vossa Graça.

Quando Griff se preparava para montar, notou uma luz brilhando na encosta de uma colina distante.

Rastros recentes de cavalos e carroças – vários – seguiam naquela direção.

– O que é aquilo? – ele conjecturou em voz alta. – Algum tipo de estalagem?

Parecia improvável que o grupo da Srta. Browning fosse procurar abrigo tão longe da estrada principal, mas havia poucos lugares de parada nesse trecho. Se o tempo tivesse ficado ruim de repente, essa pode ter sido a única alternativa.

– Quando eles se aproximaram, ficou óbvio que o local era algum tipo de parada para viajantes, ou tinha se tornado um devido à tempestade. Havia luzes em todas as janelas, e pegadas de vários cavalos seguiam até o estábulo. Sons de conversa e de louça sendo usada vinha de dentro.

Talvez a tivessem localizado.

E talvez também tivessem encontrado o jantar.

Eles amarraram os cavalos em um poste na frente, depois bateram o pior da neve e da lama de suas botas e se encaminharam para a entrada.

Quando se aproximaram da porta, Colin se virou para Griff:

– E que tal este? O Bando do Sul de Sussex?

Griff conteve um gemido. Sim, ele era grato por ter amigos. Até certo ponto. Abriu a porta e entrou na frente.

– Pela última vez, nós não precisamos de um...

As palavras morreram em sua garganta.

Eles tinham entrado em um salão grande e aberto, cheio de homens agrupados em torno de mesas.

Um a um, todos os homens do lugar ficaram em silêncio, voltaram-se para eles e encararam Griff.

E então pegaram suas armas e facas.

Um olhar mais atento deixou evidente a razão. As mesas não estavam postas com pratos de jantar, mas empilhadas com sacos de especiarias, rolos de seda, tonéis de bebidas.

O olhar dele parou em um pequeno barril com a inscrição "Jerez de la Frontera".

Vinho xerez.

Era evidente que aqueles produtos eram contrabandeados – ou talvez um navio tivesse naufragado na tempestade e ali estava a carga que foi parar na praia.

Maldição. Aquilo não era nenhuma estalagem afastada da estrada. Eles tinham topado com um covil de ladrões.

E todo o sangue aristocrático do mundo não iria salvá-los. Até o sangue mais azul jorrava vermelho de uma garganta cortada.

– O que é isso? – Um homem feio e grande como uma montanha se colocou de pé. Evidentemente, o líder. Seu rosto e nariz estavam cobertos de velhas marcas de varíola, mas seus olhos pareciam funcionar muito bem. Cara-de-Varíola examinou o grupo, desde as finas botas enlameadas até os cachecóis.

Aqueles idiotas cachecóis listrados.

Colin pigarreou e se dirigiu aos homens.

– Então, aqui não é a reunião da Sociedade Missionária Cingalesa? Acho que viramos no lugar errado, irmãos. Desculpem o incômodo. Nós vamos andando...

Cara-de-Varíola fez um sinal para seus subordinados.

A porta foi fechada atrás deles. Griff ouviu o arranhar de uma barra de ferro sendo colocada no suporte da porta. Uma reverência e um pedido de desculpas apressado não iriam tirá-los daquela situação.

Eles teriam que lutar para escapar. E dar um jeito de levar o xerez com eles.

Bram pigarreou, atraindo o olhar de Griff. Sua mão desceu até a pistola que trazia na cintura, e então seus olhos foram na direção de Thorne, indicando que o capitão também estava pronto.

A mão de Colin apertou o ombro de Griff.

– Eu tenho uma faca na bota – ele murmurou. – Você pode usar o sabre de Bram.

Griff fez que entendeu com um movimento curto da cabeça.

– Agora – Cara-de-Varíola rugiu. – Quem diabos são vocês?

Com um tinido rápido de metal, Griff desembainhou o sabre e colocou a ponta reluzente no nariz esburacado do contrabandista.

– Nós somos os Lordes da Perdição.

Aturdida com a queda, Nora tentou se orientar. Seu rosto estava colado nas tábuas do chão. Seus membros, esparramados em ângulos não naturais. Seu cabelo estava um desastre completo.

Deus. Ela ficou muito, muito grata por Dash não poder vê-la nesse momento.

– Nora? – A porta vibrou.

Dash.

Bom Deus. Enquanto ela estava ali divagando, ele continuava do lado de fora.

– Nora! – Ele sacudiu a porta de novo. – Você está ferida?

Ela tentou responder, mas a queda tinha esvaziado seus pulmões. Enquanto lutava para se levantar, ouviu uma imprecação abafada. E depois um estrondo, quando ele arremeteu o ombro contra a porta.

Parecia que ele tinha retomado o Plano A.

– Nora, fique calma, estou chegando.

Ela se colocou de pé, afinal, e correu para tirar a tranca da entrada, o que ela fez bem a tempo de interceptar a tentativa seguinte de Dash derrubar a porta.

O que significou que ele estava arremetendo contra *ela*.

Dash arregalou os olhos e tentou se deter, mas o impulso estava dado. Ele a pegou nos braços e os dois caíram no chão, pousando em um emaranhado de membros e tecido, com o peso dele por cima de Nora.

E ela começou a pensar que nunca mais conseguiria respirar.

Dash examinou o rosto dela, muito preocupado.

– Por que você não respondeu ou abriu a porta? Pensei que tivesse se machucado ao cair.

Ela negou com a cabeça.

– E se machucou agora?

Ela voltou a negar.

– Você está quieta demais. Isso é preocupante. – As mãos dele passearam pelo corpo dela, procurando possíveis ferimentos. – Você precisa se aquecer.

Nora não iria se opor a isso.

Dash a colocou sobre a pequena cama, abrindo seu casaco para ela deitar sobre ele e cobrindo-a com a colcha. Um calor delicioso começou a se infiltrar em seu corpo gelado – mas melhor ainda era a atenção dedicada, competente, de Dash. A confiança com que ele agia.

Ela adorou como ele estava sendo atencioso, ainda que de seu modo brusco, sem sutileza.

Nora lembrou daquela tarde em que ele pegou sua mão debaixo da mesa de estudos. Às vezes Dash podia ser severo e altivo, sem dúvida. Mas quando importava, ele mostrava sua alma carinhosa. E aquele coração...

A mulher que conquistasse aquele coração tiraria a sorte grande, de fato.

Quando ele prendeu a colcha ao redor dos quadris dela, Nora estremeceu.

– O que foi? – Ele franziu o cenho.

– Eu caí sobre o quadril quando entrei pela janela. Acho que está um pouco machucado.

Sem hesitar – e sem pedir permissão –, ele puxou a coberta de lado e levantou a camisola para examiná-la.

Ele a virou de lado, expondo a curva pálida da coxa à luz do fogo e passou os dedos pela superfície da pele, que ficou toda arrepiada. Por baixo da colcha ela estava em chamas.

– Nada quebrado, eu acho.

Ela meneou a cabeça.

– Você vai ficar bem? – ele perguntou.

– É preciso muito mais do que isso para me derrubar.

Ele a fitou nos olhos.

– Ótimo.

Ela riu, nervosa. De um modo absurdo. Então, o que foi pior, Nora umedeceu os lábios com a língua. Por desespero, ela baixou os olhos para a mão dele, que continuava em sua coxa exposta. Talvez quando ele retirasse a mão, Nora recuperaria o bom senso.

Mas ele não mostrava qualquer indício de que se moveria. Na verdade, o polegar dele deslizava para um lado e para outro. Carinhoso. Atencioso.

– Muito bem – ele começou. – Vamos voltar ao assunto que estávamos discutindo na neve. Logo depois daquele beijo magnífico, e antes que a batida da porta nos interrompesse.

Nora não conseguiu se lembrar. Não havia nada em sua cabeça a não ser o agora. O toque. A voz. O calor dele.

– Você vai ter que me lembrar – ela sussurrou. – Qual era o assunto?

– Você estava prestes a dizer que me amava.

Capítulo nove

Por baixo da colcha, o coração de Nora deu um salto dentro do peito.

– Não estava, não.

– Estava sim. Eu sei que estava.

Ela mexeu a boca, mas não conseguiu articular as palavras.

O olhar de Dash era suplicante, ao mesmo tempo vulnerável e desafiador.

– Diga logo. Não importa se você parou de me amar há muito tempo. Apenas diga de uma vez; não vou pedir que repita. É só que... eu não me lembro de ter ouvido isso antes.

Oh, malditos ele e seus apelos desavergonhados ao coração romântico dela. Bastava fitar aqueles olhos castanhos e carentes para ela se derreter por completo.

– Dash, você deve saber que todos nós o amávamos. Você era parte da família.

– E você? Você me amava como um irmão?

Nora sentiu uma pontada no coração. O que as palavras lhe custariam nesse momento, a não ser orgulho? E poderiam significar tanto para ele.

– Não – ela disse. – Eu não o amava como um irmão. Eu o amava com uma entrega imprudente, temerária. Eu o amava com todo meu coração e toda minha alma.

Ele deu um beijo no quadril machucado de Nora. Sua mão acariciou toda a extensão da perna nua, e ele curvou os dedos ao redor do tornozelo dela.

– E então você foi embora – ela continuou. – E eu me senti uma tonta por nutrir tais sentimentos. O que me fez questionar tudo em que eu acreditava a meu respeito. Foi por isso que escrevi o manifesto.

– Você não precisa...

– Não, eu preciso que você saiba. Eu lhe devo isso. Quando disse que não era a seu respeito, eu não estava mentindo. Se você me deixar terminar, eu explico. O manifesto é a *meu* respeito. Eu estava tão desiludida, tão brava comigo e minha incapacidade de esquecer você, que precisava acreditar que havia algo especial dentro de mim. Alguma razão pela qual valesse a pena continuar, quando parecia que tudo estava perdido. Primeiro Andrew, depois você. Todas as minhas esperanças e todos os meus planos. Eu estava desesperada para me recuperar, para encontrar um novo objetivo.

– E você encontrou. Você se recuperou e fez muito mais. Eu a admiro muito.

– E eu também admiro tudo que você realizou. – Ela levou a mão ao cabelo dele. – Estou com inveja, até, para ser sincera. Mas, principalmente, eu admiro você.

– Fico feliz em saber. Sua opinião significa muito para mim.

– Significa mesmo? – Ela desceu os dedos até o rosto dele.

– Mais do que você imagina.

E então, os lábios de Dash tocaram os dela.

Ele baixou a cabeça para beijá-la no pescoço, depois no peito. Ele deslizava o nariz para um lado e para outro, afastando a camisola para expor mais o busto. O tecido deslizou do ombro de Nora, libertando o seio redondo e pálido, encimado pelo mamilo escuro e teso. Dash ficou olhando para baixo durante um momento longo e nervoso, com o cenho franzido e os olhos intensos.

– Tão linda.

Então ele baixou a cabeça e capturou o mamilo com a boca.

Uma onda de prazer sacudiu Nora, deixando-a em choque. Ele a lambeu e provocou, descrevendo círculos com a língua ao redor do bico dolorido antes de tomá-lo outra vez com a boca e chupar com força.

Nora arqueou as costas ao ser assaltada por sensações incomparáveis.

Enquanto isso, ele deslizava a mão para cima, começando na parte de trás da perna dela e subindo lentamente até o joelho, alcançando a coxa e indo além. As descobertas dele eram lentas e deliberadas. Devastadoras.

Ele levantou a cabeça do seio dela, os dedos parando na parte de cima da coxa – na fronteira entre Indecoroso e Ruína Completa.

A respiração dele agitava o cabelo de Nora.

– Diga-me para parar se você não quer que isto aconteça.

Ela queria que acontecesse. Ela sempre quis. E fez uma promessa para si mesma, ali e naquele instante: nada de vergonha, nem de arrependimento. O que quer que acontecesse entre eles, o mérito ou a culpa seria tanto dela quanto dele.

Ela se ajeitou sobre a cama, deixando a perna cair para o lado, dando acesso total a ele.

Oferecendo-lhe tudo.

A mão de Dash deslizou para cima, acomodando-se sobre o monte de vênus e abrindo-lhe as dobras com os dedos calejados.

A respiração dela ficou pesada, quente. Ele a massageou para cima e para baixo, inflamando-a com desejo, espalhando a fina camada brilhante de umidade com a ponta dos dedos. Uma sensação oca foi crescendo dentro dela. Nora ansiava por ele.

Nora estendeu a mão em meio às camadas de tecido para encontrar o cume duro da ereção. Ele virou o quadril para ajudá-la a soltar os botões da calça, libertando-o.

Quando ela deslizou um dedo pela ponta, um grunhido baixo escapou da garganta dele.

Os dois se deitaram de lado, de frente um para o outro. Na verdade, esse era o único modo em que os dois caberiam na cama. A menos que um deles ficasse em cima do outro, claro, mas Nora ainda não estava pronta para isso.

Ela nunca sonhou que poderia fazer aquilo sem morrer de vergonha – encarar os olhos de um homem enquanto ele acaricia seus lugares mais íntimos e ela faz o mesmo. Mas não foi tão constrangedor quanto Nora pensava que poderia ser. Afinal, aquele homem era Dash. Eles eram apenas duas pessoas que se conheciam a vida toda, e que começavam a se descobrir de uma nova e excitante maneira. Ela explorou cada centímetro dele que podia tocar, maravilhando-se.

Um sorriso libertino curvou a boca de Dash.

– Bem? O que está achando de mim?

– Grande.

Ele riu.

– Não foi um elogio. – Ela espiou para o espaço entre eles, estudando a ereção formidável e grossa, que descrevia um arco na direção do umbigo dele. – Eu sabia que o órgão do homem endurecia, mas não fazia ideia de que crescia tanto. Todos os homens são assim?

– Alguns são menores. Outros maiores, eu acho.

– Você está tão duro. – Ela deslizou a mão por toda a extensão dele, da cabeça até a base. – Mas é macio ao toque.

Ele se inclinou para frente, beijando-a no rosto e na orelha.

– Você também é macia – ele sussurrou, deslizando o dedo grosso para dentro dela, e Nora perdeu a respiração. Ele deslizava para dentro e para fora, penetrando um pouco mais a cada vez. – Suave, apertada e molhada.

Ele também estava molhado. Só um pouco, na ponta. Ela encostou o dedo na gota de umidade e a espalhou em círculos cada vez maiores. Dash gemeu.

Murmurando uma imprecação, ele a deitou de costas, levantando a camisola até a cintura e então puxando a peça de roupa por cima da cabeça dela, jogando-a de lado. Ele também tirou as calças, sacudindo uma perna para deixá-la cair no chão.

– Minha camisa – ele pediu, inclinando-se para beijá-la. Enquanto as línguas se enrolavam, ela agarrou a barra da camisa dele e a puxou para cima, ajudando-o a livrar um braço, depois o outro. Ele interrompeu o beijo apenas por tempo suficiente para tirar a peça pela cabeça, depois voltou a se abaixar para continuar a beijá-la.

– Espere – ela disse, empurrando o peito dele com as mãos. – Eu quero tocar você.

– Já que insiste...

Ele ficou assim, montado sobre a cintura dela, enquanto Nora passava as mãos pela superfície esculpida do peito e dos ombros dele. Descendo pelos braços fortes e musculosos.

– Você precisa me dizer do que gosta – ela sussurrou.

– Eu gosto – quando ela roçou os mamilos dele com os polegares, Dash prendeu o fôlego – disso. Eu gosto de você. Gosto de tudo.

– Não, eu quero dizer... – Ela precisou de coragem para fitá-lo nos olhos. – Eu não tenho experiência, claro. Mas quero que seja bom. Perfeito.

– Nora. – Ele moveu o corpo para frente, apoiando-se nos cotovelos. – Vamos falar disso agora. Não vai ser perfeito.

– Mas...

– Não vai. Nós não podemos ser ninguém além de nós mesmos. Você, sendo você, já está criando expectativas não realistas. Você vai agir baseada em suposições erradas. E é provável que eu, sendo eu, seja dominador e precipitado. – Dash acomodou os quadris entre as pernas dela, afastando as coxas de Nora. Ele encostou os lábios na testa dela. – Pode ser que eu a machuque, quando a última coisa que desejo é lhe causar qualquer dor.

– Eu sei.

– Então não vai ser perfeito. Mas isso não quer dizer que não possa ser bom.

Ela mordeu o lábio.

– Eu acho que tinha prometido algo magnífico.

A risada que ele soltou foi rouca e calorosa. Ele baixou o corpo e a cobriu.

A perna grossa e peluda dele se enrolou na perna esguia e suave dela. Nora beijou o pescoço de Dash, e os ombros dele ficaram tensos. A ereção dele latejava junto à abertura dela. Nora percebeu como ele lutava, heroicamente, para se segurar.

Ela se reclinou sobre o forro de cetim do casaco de Dash.

Chega de conversa.

Tem que ser agora.

Dash colocou a mão entre os corpos, posicionando a cabeça larga de sua excitação onde os dois a queriam – não, *precisavam*.

Então ele contraiu os quadris e entrou nela, só um pouco. Dois centímetros, talvez.

De novo. Mais um pouco.
De novo, e de novo.
A cada vez, ela arfava, tentando respirar. Suas unhas cravaram-se nos braços dele.
Ele a matava aos poucos, preenchendo-a, alargando-a e machucando-a, entregando-lhe tudo. Tudo que ela queria há tanto tempo. Foi êxtase e suplício ao mesmo tempo.
Finalmente, ele estava completamente dentro de Nora, com seu coração batendo junto ao dela.
Uma sensação de que aquilo era correto acalmou todas as sensações conflituosas de prazer e dor. Não, não estava sendo perfeito.
Estava sendo exatamente o que ela sempre quis que fosse.

Dash, seu idiota. Você cometeu um erro grave.
Só de ver o rosto corado e sem fôlego de Nora, ele teve vontade de se dar um chute. A sensação do corpo dela ao redor do seu, envolvendo-o no abraço mais apertado e íntimo... já era prazer suficiente para deixá-lo louco. Ele se movimentava dentro dela, inconsequente, com alegria e anos de necessidade acumulada empurrando-o cada vez mais perto do limite.
E ele a estava machucando, muito.
O que talvez não fosse inevitável, mas ele deveria ter feito com que ela encontrasse prazer primeiro. Agora ela não teria como alcançar o clímax.
A não ser que...
A não ser que ela não tivesse mentido sobre a paixão em seus dedos.
– Toque-se – ele disse.
– Como?
– Toque-se. Onde lhe dá prazer.
Dash tentou fazer uma voz profunda, autoritária, para que ela nem pensasse em questioná-lo, que apenas acreditasse que aquela era a voz da experiência.

Hesitante, ela tirou a mão direita do ombro dele e a colocou entre os dois, pousando as pontas dos dedos bem onde os corpos se uniam.

– Aqui? – ela sussurrou.

– Aí. – Ele entrou mais fundo. – Aí, por Deus.

Dash levantou o tronco e ficou de joelhos, tentando dar mais espaço para ela – e para ele próprio observá-la.

Que quadro ela compunha. O cabelo vermelho, a pele suave. Os dedos longos e elegantes trabalhando entre as pernas, e os seios carnudos balançando ao ritmo que ele estabelecia.

Nossa. Ele nunca tinha visto nada tão excitante na vida.

Era quase demais. Dash teve que fechar os olhos durante algumas investidas.

Pense em gelo, ele disse para si mesmo. Vento e granizo. Tempestades no Cabo da Boa Esperança. Qualquer coisa para acalmar a crise que se formava no baixo-ventre dele.

– *Dash.*

Ele abriu os olhos. Ela o estava encarando, os olhos vidrados e as faces coradas. Os lábios entreabertos.

– É agora – ele disse. – Não pare, querida. – Dash resistiu ao impulso de aumentar o ritmo. – Não pare até você...

Ela gritou e entrou em convulsão ao redor dele, seus músculos íntimos apertando o pau dele como uma luva de seda.

E graças a Deus por isso. Ele não conseguiria se segurar nem mais um instante. Danem-se tempestades e granizos. Dash se inclinou para frente, movendo os quadris dela para penetrá-la em um ângulo mais profundo. Ele sabia que Nora estaria dolorida no dia seguinte, mas não conseguiu resistir.

Ela passou as pernas ao redor do quadril dele e o segurou pelo pescoço, e Dash perdeu todo o controle. Ele investiu com força, cada vez mais rápido, até alcançar aquele patamar estonteante, sem volta, de puro êxtase.

– Isso! – ela exclamou, apertando as coxas ao redor dele.

Isso.

E *isso* e *isso* e *isso* de novo.

Ele desabou sobre ela, esgotado de todos os modos. Os membros dele tremiam do esforço, molhados de suor.

Ela o abraçava apertado, dando-lhe beijos no ombro e no pescoço.

Por que ele tinha se debatido contra as esperanças que ela tinha para eles? Nesse momento, Dash não conseguia pensar em ficar longe dela.

Nora, Nora.

– Bem, qual o veredito? – ela perguntou, depois que os dois recuperaram o fôlego. – Estou absolvida de difamação?

Ele rolou de lado e exalou.

– Inequivocamente.

– Mesmo? – Ela apoiou o queixo no peito dele e o observou. Fagulhas de âmbar chisparam nos olhos dela. – Você admite que perdeu uma oportunidade comigo?

Ele estendeu a mão e a passou pelo cabelo fogoso e revolto de Nora.

– Eu posso declarar, sem dúvida: melhor sexo de todos os tempos.

Ela sorriu de satisfação.

– Magnificência conseguida.

– É claro – ele disse, enrolando uma mecha do cabelo dela em seu dedo. – Também foi a primeira vez em que fiz amor.

– O *quê?*

– Sabe, acho que a tempestade parou. Não estou mais ouvindo o vento.

– George Travers. – Ela bateu de brincadeira no peito dele. – O que você está me dizendo?

– O que nós acabamos de fazer foi, de verdade, magnífico. E não importava o que fosse acontecer, seria minha melhor vez de todas. Como poderia não ser?

– Não acredito nisso.

Ele deu de ombros.

– Você é um lorde – ela continuou. – Jovem, no auge da vida. Rico, instruído, com todos os privilégios. Para não falar que é devastadoramente lindo. Por quê...?

Dash começou a se sentir um pouco constrangido.

– Não é que eu não tenha tido oportunidades, você sabe. E não sou nenhum santo. Eu agarrei um bom número de garotas na escola, fui aos típicos espetáculos degenerados com a turma de Oxford.

– Você bebeu champanhe no busto de prostitutas.

– É, isso também. – E havia ainda algumas indiscrições menores cujos detalhes ele não queria listar. – Mas em se tratando do ato em si, nunca encontrei uma mulher que eu desejasse tanto de modo que a consumação parecesse valer o risco.

– O risco? Eu pensava que as mulheres ficavam com todo o risco. Homens viram heróis com suas conquistas. Nós é que somos consideradas arruinadas.

– Não vou discutir que o risco é igual, mas os homens também passam por apuros. Ter um filho bastardo. Enfurecer uma amante ciumenta. Contrair alguma variedade horrenda de sífilis.

– Sífilis? – Ela fez uma careta.

Ele puxou a orelha dela de leve.

– Eu sou filho único *e* órfão. Não tenho pais compreensivos para me resgatar das ruínas, nem um irmão para ocupar meu lugar. Preciso tomar cuidado.

– Oh, Dash. Só consigo imaginar como você foi tão solitário. – Ela acariciou o peito dele, pensativa. – Você quer saber o que eu acho?

– Sempre.

Isso também era verdade. Por mais que ela conseguisse enlouquecê-lo, Dash sempre queria saber o que ela estava pensando.

– Eu acho que você temia algo mais do que a sífilis. Como ficar vulnerável com a mulher errada. Abrir seu coração para alguém em quem não podia confiar.

Droga. Lá estava ela, enlouquecendo-o. Como é que ela o conhecia melhor do que ele próprio? Não era justo.

– Talvez tenha sido por isso também. – Ele a pegou nos braços e afundou o rosto no aroma doce do cabelo dela, inspirando fundo. – É bom estar aqui com você.

Ela o apertou mais.

– Para que servem os velhos amigos?

– Então agora somos amigos de novo? – ele perguntou.

– Nós éramos amigos antes?

– Eu acho que sim – ele disse. – Amigos que passavam muito tempo sonhando em se beijar e acariciar. O que me parece o melhor tipo de amizade, se você pensar bem.

Ela riu.

– Agora me diga a verdade. – Dash colocou um dedo debaixo do queixo dela e levantou seus olhos azuis para ele. – Quantos foram e quais os nomes deles?

– Quantos foram o quê? Nomes de quem?

– Nossos filhos. Todos que você já tinha planejado.

– Seu bobo.

Ela se debateu, fingindo estar ofendida, e ele a dominou com cócegas, fazendo-a ficar de costas.

– Agora você está presa – ele disse, agarrando-a pelos pulsos e prendendo-os sobre a cabeça dela. – Admita.

Ela revirou os olhos.

– Tudo bem. Cinco.

– Cinco?

– Três garotos e duas meninas.

– E...? – ele começou. – Quais os nomes?

– Eu só escolhi nomes para as garotas. Desdêmona e Esme.

Ele desabou em cima dela e riu com tanto gosto que a cama tremeu.

– Eu sei, eu sei. – Ela apertou as costelas dele com o joelho. – Eu era uma tonta. Mas agora não sou mais uma menina.

Não era mesmo.

Ela era uma mulher. Uma mulher talentosa, corajosa e linda. Uma escritora aclamada. Uma amante criativa.

E, o melhor de tudo, era amiga dele.

E estava deitada diante dele como uma paisagem formada por colinas nevadas, imaculadas, em uma noite de inverno, iluminadas pela luz fraca do sol nascente.

Mantendo as mãos dela sobre a cabeça, ele se inclinou para beijar-lhe a testa. Depois o nariz. E então os lábios.

E mais embaixo. Seios, barriga, umbigo...

Nora arfou e arqueou o corpo.

– *Dash*.

Ele soltou os braços de Nora e se colocou entre as coxas dela, determinado. Dash não se deixaria levar por suas próprias necessidades dessa vez.

Dessa vez, ela gozou primeiro.

– Nora – ele sussurrou, voltando corpo acima pela trilha de beijos, depois que ela convulsionou e suspirou o nome dele.

– Hum?

– A palavra que você disse, quando nos trancamos do lado de fora... – Ele deslizou a mão por baixo dela, envolvendo a bunda. – Você sabe, aquela que uma lady bem-criada não deveria saber, muito menos falar em voz alta?

– Sei. – Ela levantou para ele os olhos ainda embriagados de prazer. – O que tem ela?

Ele se virou de costas, trazendo-a consigo, depois colocou as duas mãos debaixo da própria cabeça.

– Quero ouvir você falar de novo.

Capítulo dez

Nora acordou com o pior tipo de torcicolo, pontadas latejantes no quadril e uma dor difusa entre as coxas. O estômago dela se retorcia de fome, dando nós em lembranças de presunto e ovos fritos. O fogo tinha se extinguido, e ela estava presa em uma cabana humilde, desprovida, distante da civilização ou de qualquer ajuda.

Mas sua vida nunca tinha sido tão maravilhosa.

Ela ergueu a cabeça do ombro de Dash. Ele parecia tão diferente dormindo, nem um pouco parecido com o amante determinado que a levou ao êxtase na noite anterior.

Seu peito subia e descia com a respiração tranquila. Com as rugas de preocupação desfeitas em sua testa, as sobrancelhas escuras não conseguiam parecer severas. Ele parecia em paz. Contente. Em casa.

Afeto cresceu no coração dela. Nora tocou uma mecha do cabelo dele. Ela não sabia o que aconteceria a partir daquele momento, mas não tinha nenhum arrependimento.

Levantando da cama, ela abriu a veneziana – só um dedo – e espiou pela janela. Um recorte de céu azul a saudou. Estava uma manhã limpa e clara.

Após vestir a camisola pela cabeça, ela prendeu o espartilho na frente, depois o virou para apertar os laços nas costas. Após calçar as meias secas e prendê-las com as ligas, ela colocou o vestido de viagem, que continuava úmido, enfiou os braços nas mangas e fechou os botões até o pescoço.

Atrás dela, Dash se remexeu na cama.

– O que você está fazendo? – ele perguntou, grogue.

– Estou me aprontando. – Ela sentou no banco e amarrou os cadarços das botas. – Imagino que logo mais o cocheiro vá aparecer. Com um pouco de sorte eu ainda consigo chegar no meu compromisso.

Ele esfregou os olhos.

– Você não pode ainda estar pensando em ir a Spindle Cove.

– É claro que estou. – Ela torceu o cabelo e o prendeu com um nó. – O que faz você pensar que não?

– É impossível. Não vai conseguir ir hoje. A ponte quebrou, lembra?

– Ah, droga. É verdade, a ponte. – Nora suspirou. – Bem, se ela ainda não foi consertada, imagino que não terei escolha a não ser voltar para a Cantuária. Você pode me emprestar dinheiro para uma carruagem particular? Posso pegar o caminho mais longo para chegar a Spindle Cove. Talvez eu ainda consiga chegar a tempo.

Ele levantou o tronco, apoiando-se nos cotovelos.

– Nora, não seja louca. Você não precisa ir. Houve uma tempestade. Todos vão entender.

– E quanto a todas aquelas jovens, esperando para me ouvir falar?

– Esperando para ouvir você me caluniar, é o que quer dizer – ele resmungou.

– Esperando para ouvir que elas têm *valor*. Esperando para ouvir que seus sonhos e suas vidas têm valor, apesar da opinião dos homens. A palestra não é sobre você. – Ela se abaixou para beijar a testa dele. – Talvez eu não consiga chegar, mas quero estar pronta, em todo caso. Vou andar até a estrada e pegar algumas coisas de que estou precisando no meu baú.

Ele sentou na cama no mesmo instante.

– Não, não. Eu vou pegar.

– Você não pode ir desse jeito. – Ela sorriu.

Deus, como ele era magnífico à luz do dia. Ela observou a nudez dele, reparando nos muitos tons de seu corpo, do bronzeado pelo sol à brancura da neve. Os pelos escuros do peito estreitando-se para formar uma faixa estreita que dividia o abdome.

E no fim dessa faixa...

A virilidade dele se mexeu. Ela ficou hipnotizada, observando-a crescer e endurecer até formar uma coluna rija de carne. Como se ela a tivesse feito crescer.

Uma sensação inebriante de poder a tomou.

Ela tinha feito aquilo.

– Volte para a cama e fique comigo. – Ele estendeu a mão e pegou uma ponta da saia dela.

Oh, não. Ela deu um giro e se afastou dele, rindo. Desse modo eles nunca sairiam.

Antes que Dash conseguisse alcançá-la, Nora saiu pela porta.

O sol já estava alto, esquentando a terra. A neve ia derretendo nos galhos acima, liberando gotas de água que furavam o cobertor de neve no chão.

O coração de Nora ficou mais leve. Talvez o cocheiro logo chegasse. O dia estava parecendo muito bom para viajar.

Ela chegou com facilidade à estrada. Mais difícil, contudo, foi soltar o baú do teto da carruagem. A chuva tinha encharcado a corda, e o sol tinha apertado os nós. Ela tirou as luvas e se entregou à tarefa com vigor.

– Você tem que admitir – disse uma voz masculina – que foi muito divertido.

Nora tirou os olhos de seu embate com os nós e avistou quatro cavalheiros aproximando-se pelo lado oeste, caminhando à frente de quatro cavalos. Dois vestiam casacos vermelhos de oficiais do exército. Enquanto eles se aproximavam, ela notou que os outros dois usavam roupas caras, embora todos estivessem bem amarrotados.

– Você foi incrível com o sabre – um oficial disse para um dos cavalheiros bem vestidos.

– Eu gostei da parte em que Thorne bateu as cabeças de dois deles.

O mais atraente dos quatro jogou para trás a ponta de sua echarpe de tricô.

– E quem diria que este cachecol horrendo seria tão eficiente como um garrote?

O cavalheiro que vinha à frente do grupo viu Nora e parou no meio da estrada.

– Por acaso você seria a Srta. Elinora Browning?

– Sim – ela disse, espantada. – Sou a Srta. Browning.

– Oh, graças a Deus – disse o homem com a echarpe letal.

O oficial maior apenas piscou, e ficou parado, de um modo desconcertante.

– Não se assuste – o colega dele falou. – Somos inofensivos. A não ser que você faça parte da quadrilha de contrabandistas.

Nora não soube o que dizer.

– Permita-nos começar de novo. Sou Griffin York, Duque de Halford. Minha mulher é a proprietária da biblioteca Duas Irmãs, de Spindle Cove. Ela ficou muito preocupada quando o tempo virou, ontem, e receava que você estivesse com problemas.

– Nós somos seu grupo de busca – concluiu o homem atraente.

– Oh! – Nora exclamou. – Isso é ótimo. Nossa carruagem derrapou para fora da estrada. O cabeçalho quebrou, então o cocheiro levou os cavalos de volta para a estalagem.

– E você ficou na carruagem?

– Não, ali adiante. – Ela olhou na direção da cabaninha de caça, quase invisível em meio às árvores. – Mas como vocês atravessaram o rio?

– Como sempre – o duque respondeu.

– Eu pensava que a ponte estivesse quebrada perto de Rye. Já foi consertada?

Os homens se entreolharam.

– Não me lembro de ver alguma ponte danificada, e vocês?

O amigo dele meneou a cabeça.

– Não. Pelo menos não de Spindle Cove até aqui.

Um dos oficiais examinou a carruagem.

– Pensei que você disse que o cabeçalho estava quebrado. Este aqui me parece bom.

– Mas não pode ser – Nora disse. – A menos que...

A menos que a ponte nunca tivesse quebrado. E que a carruagem nunca tenha tido qualquer problema.

A menos que Dash tivesse mentido para ela. Sobre tudo.

Oh, Deus.

Oh, não.

Ele só podia ter mentido para ela. Essa era a única explicação.

O coração dela foi parar embaixo dos pés. Toda a noite deles – o amor que fizeram, as risadas que deram, a amizade que celebraram – não foi nada senão uma fraude?

Enquanto os homens soltavam o baú do teto da carruagem, Nora ficou de lado, refletindo em silêncio.

Por quê, Dash? Por quê?

Por vingança, ela imaginou. Ele nunca quis que ela chegasse a Spindle Cove. Se não conseguisse chegar, ela não poderia falar mal dele. Então as notícias se espalhariam, perguntas seriam feitas. Logo todos saberiam que ela tinha sido desonrada. Humilhada. Desacreditada. A imagem de Nora como bastião das solteironas impávidas seria destruída. Dash estaria livre para continuar com sua carreira. Com seus planos de casamento. Desembaraçado de Nora.

Que canalha.

Que canalha convencido, ardiloso, sedutor.

Nora ainda tinha tempo. Com sorte, ela podia deixar para trás a possibilidade de ficar arruinada. Desde que chegasse a Spindle Cove a tempo para sua palestra, ninguém saberia de nada.

– Será que podemos usar a carruagem? – ela perguntou ao duque, esperançosa.

Mas ele meneou a cabeça.

– Nós não temos os arreios nem os cavalos certos. Mas se puder cavalgar comigo, vamos chegar a tempo.

Ela olhou para o cavalo e seu estômago se revirou. Dentro do peito, o medo travou uma batalha furiosa com a raiva. Será que ela conseguiria?

– *Nora!*

O grito veio da direção da cabana de caça.

Ela apertou o maxilar.

– Nora! – Dash ainda vestia as roupas e começou a andar na direção da estrada. Ele fez uma concha com as mãos ao redor da boca e gritou de novo: – Nora!

– Quem é aquele homem? – o duque perguntou.

— Ninguém importante — Nora respondeu.

— Parece que ele a conhece.

— Ele estava viajando na mesma carruagem e me ajudou a encontrar abrigo, na noite passada. Mas foi muito desagradável e arrogante. Fico feliz por me livrar dele, para dizer a verdade.

Ela foi até o cavalo do duque e reuniu toda sua coragem antes de aceitar a ajuda dele para montar no animal. Quando ela se ajeitou de lado na sela, sentiu o estômago ir parar no peito.

— Nora, espere! — Dash estava correndo, agora, atravessando o campo nevado com o colarinho aberto e segurando as calças com uma mão. — Não vá! Eu posso explicar tudo.

Então ele admitia que aquilo tinha sido uma fraude.

Que canalha sem-vergonha. Mentiroso.

— Quer que nós demos uma surra nele? — o duque ofereceu. — Somos muito bons nisso, surrar canalhas.

Os outros homens concordaram.

— Somos um tipo de bando — o mais bonito disse. — Legendários por estas paragens. Você deve ter ouvido falar de nós. Lordes da Perdição.

O maior deles — Capitão Thorne? — estalou o pescoço de um modo assustador.

— A oferta é tentadora — ela disse, imaginando o pescoço de Dash sendo apertado por um cachecol horrível. *Muito, muito tentadora.* — Mas não. Vamos embora, apenas.

O duque montou atrás dela. Quando o cavalo começou um trote ligeiro, Nora segurou com firmeza no pito da sela e piscou para afastar uma lágrima idiota de seu olho. Ela se recusava a chorar. Em vez disso, buscaria consolo em uma certeza que já tinha servido para acalmá-la antes: Lorde Dashwood perdeu sua oportunidade. De novo. E dessa vez, Nora não olharia para trás.

O dia estava muito mais claro do que a alma de Pauline.

Ela e Daniela começaram a manhã como se tudo estivesse bem e acontecendo conforme planejado, em parte para manter Daniela feliz, e em parte porque Pauline não sabia o que mais podia fazer.

Ela estava preocupada com a Srta. Browning. A autora ainda não tinha aparecido. Mas acima de tudo, ela estava preocupada com Griff.

Charlotte Highwood entrou pela porta da biblioteca e parou ao lado de Pauline, colocando o braço sobre os ombros da amiga.

— Pare de fazer essa cara de medo, Vossa Graça. Vai borrar a vitrine.

— Sua mãe resolveu deixar que você viesse à palestra? — Pauline perguntou. — Ou veio sem permissão, mesmo?

— Ela me mandou vir. Nunca houve nenhuma dúvida a respeito. — Charlotte pegou um livro da estante de novidades e o abriu. — Estamos em Spindle Cove, mamãe sempre diz; nunca se sabe quando um cavalheiro atraente e rico pode aparecer.

Algo do lado de fora chamou a atenção de Pauline.

— Acho que sua mãe é mais inteligente do que nós lhe damos crédito — ela disse.

Porque não um, mas *quatro* cavalheiros desse tipo apareceram naquele momento, surgindo numa colina distante como uma aparição. Heróis vindos da guerra. Caminhando à frente dos cavalos e passando uma garrafa de um para outro.

Griff.

Ela saiu em disparada pela porta, sem se importar com as poças que enlamearam suas botas e a bainha da saia. Ela mal viu quem eram os outros três homens. Pauline só tinha olhos para o marido.

Ela correu até ele e passou os braços ao redor de seu pescoço. A recepção não foi lá muito própria de uma duquesa, mas foi absolutamente sincera. Ele a enlaçou bem apertado.

Nada mais importava além disso.

Quando conseguiu se afastar, Pauline notou que o marido estava vestindo uma quantidade assustadora de lama, e que havia rasgos recentes na roupa. Além disso, ele exibia um sorriso juvenil.

E no rosto dele, era... sangue?

— Desculpe o atraso — ele disse, os olhos brilhando como se tivesse feito uma travessura. — Demoramos para encontrá-la, com toda aquela tempestade.

— Mas conseguiram achá-la?

— Claro que sim. Eu prometi que ela chegaria a tempo. – Ele olhou por sobre o ombro.

Foi só então que Pauline reparou na jovem pálida com vestido azul sobre a montaria do marido. Lorde Payne a ajudou a desmontar. A Srta. Browning pareceu ficar muito feliz de estar novamente com os pés no chão.

— Srta. Browning – Griff disse –, permita-me apresentar-lhe sua anfitriã. Minha esposa, Sua Graça, a Duquesa de Halford.

A Srta. Browning fez uma mesura completa. Pauline inclinou a cabeça, cumprimentando-a, como cabia a uma mulher de sua posição. Ela não sabia se algum dia se acostumaria àquilo, mas por Griff e seus filhos, ela se esforçava.

— Srta. Browning – ela disse. – Estou tão contente por vê-la aqui.

— E eu fico contente por estar aqui. – Ela deu uma olhada ao redor. – Será que existe algum lugar onde eu possa me lavar? E algo para comer seria muito bom. Foi uma viagem e tanto.

— Mas é claro.

Colin e Charlotte acompanharam a visitante para a pensão Queen's Ruby, enquanto Lorde Bramwell e o Capitão Thorne informaram que desejavam ir até a Touro & Flor para tomar o café da manhã.

Pauline e o marido ficaram a sós.

— Eu sinto tanto...

— Sobre ontem...

Os dois falaram ao mesmo tempo, e depois riram. Griff fez um gesto de *mulheres primeiro*.

— Eu sinto muito por ontem. Aquela não foi a recepção que você merecia. O xerez não era tão importante. Eu não quero ser uma daquelas esposas irritantes que exigem um relatório detalhado de cada passo do marido.

— Foi culpa minha, por ser tão esquecido. E fechado. Mas o que eu posso fazer? – Ele olhou para a torre da igreja coberta de neve. – Já é quase Natal, Pauline.

Do bolso, ele retirou um objeto oval preso a uma corrente de ouro e o colocou na mão dela.

– Um medalhão? – Ela abriu o pequeno fecho e viu um desenho dentro. – Oh, é você.

Ele fez uma careta autodepreciativa.

– Eu andei procurando um pintor de retratos decente em Londres. Esta pareceu a melhor maneira de ver uma amostra do trabalho dele.

Retratos eram algo que Pauline queria mesmo ter. Para garotas que cresceram em lares como o dela, retratos eram um luxo impensável. Ela teve que se contentar com lembranças.

Ela fitou o rosto do marido, observando as feições fortes e atraentes, preservando-as em sua memória e gravando-as em seu coração, até as mínimas rugas de expressão e o sombreado da barba por fazer.

– Eu queria fazer uma surpresa para você no Natal – ele disse. – Para que pudéssemos providenciar um bom retrato das crianças. Mas eu esperava que você também quisesse este aqui. Sabe como é, já que estava feito. – Ele parecia um pouco inseguro. – Sei que não está perfeito. Nós estávamos com pressa. Minha testa não pode ser assim tão grande, e...

– É um retrato lindo. – Ela fechou o medalhão e o segurou bem apertado na mão, até sentir que o formato estava gravado em sua palma. – Eu amei.

E eu amo você. Amo, amo. Com todo meu coração.

– Ótimo. Então espero que você também me dê um presente.

– Oh?

– Eu quero que você também pose para um retrato.

Ela resistiu à ideia.

– Mas isso não deve ser necessário. Ao contrário de você e as crianças, não sou de linhagem nobre. E não sou do tipo de mulher que posa para retratos.

– Não dou a mínima para sua linhagem. Estamos falando de mim, e você sabe como eu sou egoísta. Quero o retrato para mim. As últimas três semanas foram uma provação. – Ele a tocou nos lábios. – Eu morro de saudade quando estamos longe um do outro.

– Eu também senti saudade.

– E se ainda precisa de algo para se convencer, eu mencionei que encontrei um xerez muito bom, que acabou de ser descarregado de um navio vindo da Espanha?

– Encontrou? Como conseguiu isso?

– Achei em um lugarzinho no interior que fica aberto até tarde.

– Muito bem, então. – Com um sorriso, ela cedeu.

– Você vai posar para um retrato?

– Vou. – Como se ela pudesse negar alguma coisa para o marido.

– Ótimo. – Ele encostou a testa na dela.

– Com roupa ou sem? – ela sussurrou, tímida.

Capítulo onze

Mais tarde, limpa e penteada, Nora fez sua palestra na biblioteca Duas Irmãs para uma plateia de dezenas de pessoas. Mulheres, principalmente. Mas os cavalheiros que a resgataram naquela manhã também estavam presentes, de pé junto à parede.

Nora não podia imaginar ocasião mais perfeita para relembrar aquelas palavras. Se pudesse, ela sentaria para escrevê-las de novo.

– Com o novo dia nascendo, e meu tinteiro se esgotando, eu faço aqui um juramento. Não um juramento para o homem com o qual eu esperava me casar, mas uma promessa para mim mesma. Desta manhã em diante, nunca mais vou derramar outra lágrima por ele. Não é necessário. Porque tudo que Lorde Da... – Ela pigarreou e tentou de novo. – Porque tudo que Lorde *Ashwood* rejeitou quando foi embora, insensível, é meu. Para meu uso. Minha inteligência, minha força e, acima de tudo, meu coração. Nada disso ficará à disposição dos outros.

Houve um momento de silêncio. Então aplausos cordiais emergiram na biblioteca lotada.

A duquesa se aproximou.

– Muito obrigada por sua leitura, Srta. Browning. Temos xerez e bolinhos para todas, e a Srta. Browning concordou em autografar exemplares da obra. Mas primeiro, alguma pergunta?

– Eu tenho uma. – A voz masculina veio de algum lugar na última fileira. Perto da entrada.

O pulso dela falhou.

Dash.

Ele se colocou à vista. Todo seu corpo alto, de ombros largos, perigosamente atraente.

Nora desviou os olhos para que não pudesse mais admirá-lo.

– Eu tenho uma pergunta, Nora – ele repetiu.

– Quem diabos é você? – o duque perguntou.

– Sou George Travers, Lorde Dashwood.

Com um gritinho de empolgação, Charlotte Highwood ergueu seu exemplar do manifesto.

– Quer dizer que ele é *o* Lorde...

– Não – Nora retrucou. – Dashwood, não Ashwood. O manifesto não é a respeito dele.

Charlotte pareceu desanimar.

– Ora, parece muita coincidência.

– Foi exatamente isso que pensei – Dash concordou.

– Você tem muita coragem de aparecer aqui – Nora falou entredentes.

O público se agitou, empolgado. Sussurros pulavam de uma espectadora para outra: *É ele. Só pode ser.*

– Eu preciso falar com você – ele disse.

– Por quê? Para me dizer mais uma de suas mentiras?

– Não, eu...

– Você mentiu para mim – ela vociferou. – Sobre a estrada, a carruagem, a ponte. Sobre tudo. – Ela o fuzilou com o olhar. – Aposto que você nem mesmo era virgem.

A agitação da plateia parou de repente. Dava para ouvir um floco de neve caindo no chão.

– Eu preciso vir a mais destes eventos. – Lorde Payne disse e virou um gole de xerez.

Dash pigarreou.

– Sim, eu menti sobre algumas coisas, mas não sobre tudo. Porém eu paguei o cocheiro. Bem, os dois cocheiros. E o estalajadeiro em Cantuária.

Ela ficou boquiaberta.

– *Você* é o motivo de a primeira carruagem sair sem mim.

– Sou. E a ponte nunca quebrou e o cabeçalho também não. Você tem razão, eu menti. Sinto muito pela fraude, mas eu estava desesperado para passar algum tempo a sós com você, e sabia que você nunca concordaria. Eu precisava saber se ainda tinha alguma chance.

– Chance do quê?

– De convencê-la a se casar comigo.

Então toda mulher presente na biblioteca ficou boquiaberta, atônita.

Nora só conseguiu imaginar que, juntas, elas tinham sugado todo ar do ambiente, porque ela não estava conseguindo respirar.

Dash passou por todas as fileiras de cadeiras e parou diante dela, ajoelhando-se.

– Pare – ela lhe disse quando conseguiu encontrar sua voz.

– Não.

– Vá embora.

– Case comigo.

– Levante-se – ela pediu.

– Diga sim primeiro – ele lhe deu um olhar provocante.

– Não vou concordar com isso. Não posso.

– Você pode e deve. Vamos ser perfeitamente imperfeitos um para o outro. Se apenas pudermos parar de brigar por tempo suficiente para casarmos.

– Como pode dizer isso? Você me tratou mal, me abandonou, me usou e me enganou.

– Eu também a protegi, beijei, aqueci e lhe dei prazer. – Com um sussurro diabólico, ele acrescentou: – Duas vezes.

Ela sentiu o rosto esquentar.

– Você não consegue nem me pedir em casamento sem me deixar furiosa. O que o faz acreditar que vou sequer pensar em me casar com você?

– O fato de você ser admirável, Nora. – Ele pegou a mão dela e a segurou entre as suas. – E todas as realizações corajosas e brilhantes da sua vida começaram com algo que você fez para me provocar.

A verdade das palavras dele a atingiu fundo. Ele estava certo. Começando com as aulas, quando eram crianças, continuando com o manifesto e sua carreira de palestrante... para não mencionar tudo que eles fizeram na noite anterior. Mesmo quando ela cavalgou para ir embora da cabana, pela manhã... montando um cavalo pela primeira vez em anos.

Em todos os casos, ela agiu por causa de Dash, e acabou se tornando melhor por isso.

– Se é esse o caso – ela disse –, então eu devo continuar tentando provocá-lo.

– E qual o melhor modo de me manter por perto para me provocar senão casando comigo e passando o resto da vida do meu lado?

Oh, ele era impossível. Nora não soube como responder a isso.

– Isso era o que você queria – ele disse. – É o que ainda quer, no fundo do seu coração. E o que eu quero, também.

Aquilo a incomodou. Ele tinha ido longe demais com essa afirmação.

– Você nunca quis isto. Você queria uma noiva conveniente, e quer apenas salvar seu orgulho. Só isso. Em todos esses anos, você nunca pensou em mim.

– Você está muito errada. Eu queria isto. Voltei para a Inglaterra com a única intenção de cortejar você. Pensei nisso o tempo todo. Todos os dias em que estive fora. – O pomo de adão dele pulava no pescoço não barbeado. – Todas as noites.

– Não. Você só está dizendo isso agora.

– Não. Não é verdade.

– Nada neste mundo vai me convencer disso.

– Minha querida Nora. É exatamente o mundo que vai lhe provar a verdade. – Levantando-se, ele se virou para Pauline, que estava atrás do balcão. – Por favor, pegue-me um exemplar do *Atlas Mundial de Sir Bertram Coddington*. A edição mais nova.

– Eu não tenho nenhum exemplar desse atlas. De nenhuma edição.

– Isto aqui não é uma livraria?

– Não. É uma biblioteca por assinatura de livros selecionados segundo o interesse de jovens em férias no litoral.

O Duque de Halford fuzilou Dash com o olhar.

– E a menos que queira conhecer *de dentro* nossas águas, chegando até elas pelo penhasco, sugiro que se dirija à minha esposa como "Vossa Graça".

Dash imediatamente recobrou os bons modos, inclinando a cabeça em uma reverência.

– Perdoe-me, Vossa Graça.

– Acredito que meu pai tem um exemplar desse atlas em Summerfield – disse Lady Rycliff. Nora tinha gostado dela assim que se conheceram. Mulheres ruivas e sardentas precisavam se unir.

– Então vamos a Summerfield – Dash disse.

– Eu não vou sair daqui – Nora protestou. – Tenho uma palestra para dar.

– Você já terminou. Estava na parte das perguntas.

– Então eu tenho perguntas para responder. – Ela olhou ao redor e sinalizou para uma garota que estava com a mão levantada. – Pois não, querida. Qual é a sua pergunta?

A garota de rosto redondo olhou para Dash.

– O que tem no atlas?

Nora suspirou.

– Talvez alguém possa ir buscar o livro – ele sugeriu, sorrindo. Ela olhou para os cavalheiros que tinham ido resgatá-la.

– Eles não vão ajudar você. Ninguém vai ajudá-lo.

– Charlotte pode ir buscar o atlas – a Sra. Highwood declarou.

– Eu posso? – Charlotte perguntou.

– Pode. – A matriarca cutucou o flanco da filha e sussurrou alto: – Não está vendo? A solteirona irá rejeitá-lo, e então ele vai voltar para o mercado de novo. Eu sei que é só um barão, mas ele é rico e atraente. É a sua chance de ser a primeira da fila.

– Oh, mamãe. – Charlotte cobriu o rosto.

– Eu vou com você, Charlotte – Lady Rycliff se ofereceu. – É a casa do meu pai e preciso admitir que também fiquei curiosa.

Depois que elas saíram, Dash gesticulou para Nora.

– Continue com sua palestra, se quiser.

Ela suspirou. Como seria possível, com ele parado ali? Ela resolveu esperar pelo atlas, para então se livrar dele.

Enquanto as duas mulheres não voltavam com o livro, ela sentou e se serviu de um dedo de xerez, que virou em um gole.

O tempo nunca passou tão lentamente. Nora ficou batendo o calcanhar da bota no pé da cadeira. As mulheres reunidas ficaram olhando para eles e sussurrando entre elas. A anfitriã serviu os bolinhos.

De sua parte, Dash ficou a alguns passos de distância, de chapéu na mão, encarando Nora. Ousado. Desavergonhado. Até – ela gostaria de acreditar – apaixonado.

– Você sabia – ele começou – que fica irresistível quando está tentando me odiar para sempre?

Ela nem conseguiu olhar para ele.

– Isso vai acabar hoje. Quando ela voltar com o atlas, você vai embora.

– Quando ela voltar com o atlas, você vai ficar emocionada. Pode até ser que chore.

– Não vou nada. Você é louco.

– Sou. – Ele sorriu. – Mas só um pouco, e totalmente por você.

Vários minutos se passaram.

– Não importa o que tenha nesse atlas. Não vou casar com você. Passei anos dizendo para as moças que o valor delas não está ligado ao estado civil. Que mensagem vou transmitir se abandonar minha carreira para casar com você e ter seus filhos?

– Para começar, não existe meio melhor de provar o valor das ideias de alguém do que mostrando a capacidade de mudar de ideia. Depois, quem disse qualquer coisa sobre você abandonar sua carreira? Eu nunca lhe pedi isso. Acredito que é possível escrever a bordo de um navio.

A *bordo de um navio?*

Ela se virou para ele.

– Você me levaria junto?

– Se você quiser. E desconfio que vá querer, nem que seja só para brigar comigo em outros continentes. Que boa ideia. Venha comigo para o Taiti e me insulte em uma praia de areia branca. Ralhe comigo no alto de uma montanha sul-americana, tão alto que o eco possa causar uma avalanche.

Uma chama de empolgação persistia no coração de Nora, apesar de todos os seus esforços para apagá-la.

Ele jogou lenha na fogueira:

– Além de uma grande lua de mel, você precisa admitir que daria um livro e tanto.

Maldito. Ele sabia exatamente como atraí-la.

– Só imagine que livro. Você poderia dar o título de *Lorde Ashwood perdeu o barco*. Acredito que o público leitor ficaria fascinado.

Várias mulheres da plateia anuíram entusiasmadas.

– Aqui está! – Charlotte irrompeu pela porta, ofegante. Ela depositou o imenso volume no balcão. – Nossa. Pesa tanto quanto uma mula.

– Você costuma carregar mulas? – Dash perguntou para Charlotte.

– Oh, não, meu lorde. Ela não carrega – interveio a Sra. Highwood, aproximando-se de Dash com uma risadinha afetada. – Minha Charlotte é talentosa em todas as artes femininas: música, desenho, dança, bordado...

– *Mamãe*.

Charlotte tirou sua mãe dali à força, deixando Nora e Dash com o atlas. Jovens se levantaram de suas cadeiras e se aproximaram.

Dash abriu o volume e folheou as pranchas até parar em um mapa detalhado do Canadá Superior.

– Veja. – Ele apontou para algo minúsculo no mapa, com um nome quase ilegível abaixo. – Leia. O que diz aí?

– Lago Nora – ela leu em voz alta, apertando os olhos. – Então é isso? Eu devo concordar em me casar com você porque deu meu nome a um lago no Canadá Superior?

– Não, não. O lago não existe.

Ela o encarou.

– A maioria dos acidentes geográficos já está batizada – ele explicou. – E para aqueles que não estão, Sir Bertram tem uma lista interminável de patronos e membros da família real a quem prometeu dar o respectivo nome a algo. Eu não posso decidir muita coisa, na realidade. Mas nós colocamos uma informação deliberadamente em cada mapa, entende? Dessa forma, sabemos dizer se alguém copiou nossos mapas. Esses nomes eu posso dar.

– Então você batizou *nada* com meu nome.

– Não só este. – Ele folheou mais páginas do atlas, parando em cada uma para apontar algum detalhe. – Aqui está Monte Browning, está vendo? Pura ficção. E Rio Nora neste, também falso. Ah, e aqui temos Cabo Elinora.

– Você deu meu nome a *vários* nadas.

– Sim – ele disse, empolgado. – Você entende, agora?

– Não. Não entendo.

Ele pôs o atlas de lado e pegou o rosto dela em suas mãos.

– Eu dei seu nome a todos os nadas. Porque, minha querida Nora... não importava para onde eu viajasse, sempre era você que estava faltando.

– Oh.

Os cantos dos olhos dela arderam.

Maldito. Ela *não* iria chorar.

Nora engoliu em seco. Piscou várias vezes. Ela tentou se distrair com coisas triviais e desagradáveis. Como meias enroscadas. Espinhos de peixe, ou...

Mas os olhos dele. Não havia como escapar da escuridão profunda, complexa, dos olhos dele. Nem do afeto que Nora via dentro deles.

O coração dela transbordou.

Ele passou o polegar pela bochecha dela.

– Está vendo? Eu disse que você ia chorar.

– Eu detesto você – ela fungou.

– Não detesta, não. – Ele sorriu. – Não mais do que eu detesto você. Pode acreditar, eu sei como dói quando alguém nos diz a verdade sobre nós. É como ver seu reflexo no espelho sem estar preparado. Intolerável. Eu *fiquei* furioso quando li seu manifesto, mas só porque eu sabia que aquilo era a verdade. Eu já sabia há algum tempo. A realidade me atingiu em algum lugar no Trópico de Capricórnio. Quando eu a deixei em Greenwillow Hall... eu perdi de fato uma oportunidade.

– Então deveria ter feito meia-volta.

– Era tarde demais para isso. – Ele a beijou nos lábios. – Por sorte, o mundo é uma esfera. Eu sempre viajei em sua direção. Só peguei o caminho mais longo.

– Para um cartógrafo, você é inacreditavelmente ruim para se achar.

Ele deu de ombros, resignado.

– Então é melhor você ficar perto de mim. Para eu não me perder de novo.

Eles ficaram assim por um longo momento, só se entreolhando.

Sério?, ela perguntou sem palavras.

Ele concordou. *Sério.*

– Eu te amo – ele murmurou. – Você foi embora antes que eu pudesse dizer, esta manhã, mas eu amo todas as suas partes, Elinora Jane Browning. Inteligência, corpo, alma. Mande-me embora, se quiser. Vou atender a todos os seus desejos. Mas este coração sempre será seu.

– Estou confusa – a Sra. Highwood gemeu de algum lugar próximo. – Quais as chances da minha Charlotte? O barão atraente e rico continua solteiro ou não?

Sem tirar os olhos de Nora, Dash arqueou uma sobrancelha.

– Você quer responder? – ele perguntou a ela.

– Este barão rico e atraente não está solteiro – Nora respondeu, sorrindo. – Não mais. Lorde Dashwood encontrou seu par.

Ele a puxou para si e a beijou apaixonadamente. Tudo ao redor deles foi sumindo. Sobrou apenas o calor do xerez e a doçura dos bolinhos, e o delicioso tempero da paixão entre eles.

Tudo misturado tinha sabor de vitória. Um triunfo que eles poderiam compartilhar e saborear por toda a vida.

Aplausos do público os saudaram quando enfim se separaram.

Aplausos que só não vieram de um lugar da plateia, onde uma matriarca contrariada abriu seu leque.

– Não se preocupe, Charlotte. Ainda sobrou o tal de Ashwood.

Agradecimentos

Tenho que agradecer a Jill Shalvis por esta história – e a um sujeito do colegial que estava muito preocupado consigo mesmo para reparar em algo bom. Foi uma frase de Jill que inspirou esta história, e ela foi generosa o bastante para me deixar usá-la.

Jill, você tem razão: o Chuck perdeu!

Por sorte, seus numerosos admiradores são muito mais espertos do que o Chuck.

LEIA TAMBÉM

Uma noite para se entregar
Tessa Dare
Tradução de A C Reis

Spindle Cove é o destino de certos tipos de jovens mulheres: bem-nascidas, delicadas, tímidas, que não se adaptaram ao casamento ou que se desencantaram com ele, ou então as que se encantaram *demais* com o homem errado.

Susanna Finch, a linda e extremamente inteligente filha única do Conselheiro Real, Sir Lewis Finch, é a anfitriã da vila. Ela lidera as jovens que lá vivem, defendendo-as com unhas e dentes, pois tem o compromisso de transformá-las em grandes mulheres, descobrindo e desenvolvendo seus talentos.

O lugar é bastante pacato, até o dia em que chega o tenente-coronel do Exército Britânico, Victor Bramwell. O forte homem viu sua vida despedaçar-se quando uma bala de chumbo atravessou seu joelho enquanto defendia a Inglaterra na guerra contra Napoleão. Como sabe que Sir Lewis Finch é o único que pode devolver seu comando, vai pedir sua ajuda. Porém, em vez disso, ganha um título não solicitado de lorde, um castelo que não queria, e a missão de reunir doze homens da região, equipá-los, armá-los e treiná-los para estabelecer uma milícia respeitável.

Susanna não quer aquele homem invadindo sua tranquila vida, mas Bramwell não está disposto a desistir de conseguir o que deseja. Então os dois se preparam para se enfrentar e iniciar uma intensa batalha! O que ambos não imaginam é que a mesma força que os repele pode se transformar em uma atração incontrolável.

Uma semana para se perder
Tessa Dare
Tradução de A C Reis

O que pode acontecer quando um canalha decide acompanhar uma mulher inteligente em uma viagem?

A bela e inteligente geóloga Minerva Highwood, uma das solteiras convictas de Spindle Cove, precisa ir à Escócia para apresentar uma grande descoberta em um importante simpósio. Mas para que isso aconteça, ela precisará encontrar alguém que a leve.

Colin Sandhurst, o Lorde Payne, um libertino de primeira, quer estar em qualquer lugar menos em Spindle Cove. Minerva decide, então, que ele é a pessoa ideal para embarcar com ela em sua aventura. Mas como uma mulher solteira poderia viajar acompanhada por um homem sem reputação?

Esses parceiros improváveis têm uma semana para convencer suas famílias de que estão apaixonados, forjar uma fuga, correr de bandidos armados, sobreviver aos seus piores pesadelos e viajar 400 milhas sem se matar. Tudo isso dividindo uma pequena carruagem de dia e compartilhando uma cama menor ainda à noite. Mas durante essa conturbada convivência, Colin revela um caráter muito mais profundo que seu exterior jovial, e Minerva prova que a concha em que vive esconde uma bela e brilhante alma.

Talvez uma semana seja tempo suficiente para encontrarem um mundo de problemas. Ou, quem sabe, um amor eterno.

A dama da meia-noite
Tessa Dare
Tradução de A C Reis

Pode um amor avassalador apagar as marcas de um passado sombrio?

Após anos lutando por sua vida, a doce professora de piano Srta. Kate Taylor encontrou um lar e amizades eternas em Spindle Cove. Mas seu coração nunca parou de buscar desesperadamente a verdade sobre o seu passado. Em seu rosto, uma mancha cor de vinho é a única marca que ela possui de seu nascimento. Não há documentos, pistas, nem ao menos lembranças...

Depois de uma visita desanimadora a sua ex-professora, que se recusa a dizer qualquer coisa para Kate, ela conta apenas com a bondade de um morador de Spindle Cove – o misterioso, frio e brutalmente lindo Cabo Thorne – para voltar para casa em segurança. Embora Kate inicialmente sinta-se intimidada por sua escolha, uma atração mútua faísca entre os dois durante a viagem. Ao chegar de volta à pensão onde mora, Kate fica surpresa ao encontrar um grupo de aristocratas que afirmam ser sua família.

Extremamente desconfiado, Thorne propõe um noivado fictício à Kate, permitindo-se ficar ao seu lado para protegê-la e descobrir as reais intenções daquela família. Mas o noivado falso traz à tona sentimentos genuínos, assim como respostas às perguntas de Kate.

Acostumado a combates e campos de batalhas, Thorne se vê na pior guerra que poderia imaginar. Ele guarda um segredo sobre Kate e fará de tudo para protegê-la de qualquer mal que se atreva a atravessar seu caminho, seja uma suposta família oportunista... ou até ele mesmo.

A Bela e o Ferreiro
Tessa Dare
Tradução de A C Reis

"Diana não precisava mais temer suas próprias emoções.

Ela *queria* viver intensamente.

E iria começar nessa noite."

Diana Highwood estava destinada a ter um casamento perfeito, digno de flores, seda, ouro e, no mínimo, com um duque ou um marquês. Isso era o que sua mãe, a Sra. Highwood, declarava, planejando toda a vida da filha com base na certeza de que ela conquistaria o coração de um nobre.

Entretanto, o amor encontra Diana no local mais inesperado. Não nos bailes de debute em Londres, ou em carruagens, castelos e vales verdejantes... O homem por quem ela se apaixona é forte como ferro, belo como ouro e quente como brasa. E está em uma ferraria...

Envolvida em uma paixão proibida, a doce e frágil Diana está disposta a abandonar todas as suas chances de um casamento aristocrático para viver esse grande amor com Aaron Dawes e, finalmente, ter uma vida livre! Livre para fazer suas próprias escolhas e parar de viver sob a sombra dos desejos de sua mãe.

Há, enfim, uma fagulha de esperança para uma vida plena e feliz. Mas serão um pobre ferreiro e sua forja o "felizes para sempre" de uma mulher que poderia ter qualquer coisa? Será que ambos estarão dispostos a arriscar tudo pelo amor e o desejo?

Uma duquesa qualquer
Tessa Dare
Tradução de A C Reis

O que fazer com um duque relutante em se casar? A Duquesa de Halford – e mãe de Griffin, o duque libertino, irresponsável, que deseja apenas os prazeres da vida – tem o plano perfeito. Na verdade, ela conhece o lugar perfeito... O destino: Spindle Cove.

No paraíso das jovens solteiras, a duquesa insiste para que o filho escolha uma dama. Qualquer uma. E ela a transformará na melhor duquesa de Londres. Griff, então, decide achar alguém que acabará com os planos e com a ideia maluca de forçá-lo a se casar... Ele escolhe a atendente da taverna Touro & Flor, Pauline Simms – que nunca sonhou com duques ou com casamento, mas sim com o dinheiro que possibilitaria uma mudança completa em sua vida e na vida da pobre irmã, Daniela.

O duque e a Srta. Simms estabelecem um acordo: a mãe de Griff tem uma semana para transformar a criada em uma duquesa perfeita, então Pauline deverá ser um desastre durante sete dias e, se tudo der certo (ou melhor, se tudo der completamente errado), receberá mil libras e poderá realizar o sonho de construir a própria biblioteca em Spindle Cove.

Em pouco tempo, porém, o duque é surpreendido ao conhecer Pauline e descobrir que a moça é muito mais do que uma simples atendente, e a atração entre os dois é inevitável. Mas em um mundo em que as classes sociais são o que realmente importa, vence a ambição ou o coração?

"Amor era um buraco nefasto que se abria na terra, ficando maior a cada instante.

A menos que ela tomasse muito cuidado, com certeza cairia dentro dele."

Como se livrar de um escândalo
Tessa Dare
Tradução de A C Reis

Não importa o quanto você tente controlar suas próprias emoções, não vai conseguir controlar as minhas.

Na noite do baile na Mansão Parkhurst houve um encontro escandaloso na biblioteca.

Será que Lady Canby teve um caso com um criado? Ou a Srta. Fairchild tinha um romance secreto? Talvez um casal de criados tenham aproveitado o momento de distração dos patrões para se encontrarem...

Tudo o que Charlotte Highwood sabe é que não foi ela. Mas os rumores apontam o contrário. A menos que descubra a verdadeira identidade dos amantes, a jovem será forçada a se casar com o marquês Piers Brandon, também intitulado Lorde Granville – o cavalheiro mais frio, arrogante e lindo que ela já teve a infelicidade de conhecer.

Quando começam as investigações dos verdadeiros amantes envolvidos no escândalo, Piers revela esconder muitos segredos. E guarda ferozmente a verdade sobre seu passado sombrio.

O escândalo na biblioteca parecia um mistério simples de resolver, mas logo perigos perturbadores surgem na vida de Piers e Charlotte.

A paixão é intensa. O perigo é real. Charlotte arriscará tudo para provar sua inocência nesse caso escandaloso ou irá se entregar a um homem que jurou nunca amar?

O presente inesperado
Tessa Dare
Tradução de A C Reis

Algumas flores desabrocham à noite...

Violet Winterbottom é uma jovem tímida, que fala seis idiomas, mas raramente levanta a voz. Ela sofreu uma dura decepção amorosa em silêncio total e ainda não existem cavalheiros batendo à sua porta. Isso até a noite do baile de Natal de Spindle Cove, quando um estranho misterioso irrompe no salão de festas e desaba aos seus pés.

Os trajes grosseiros, molhados e cobertos de sangue, a boa aparência do sujeito – que beirava à indecência – e a língua estrangeira que ele falava deixariam qualquer jovem cheia de cautela. Qualquer uma menos Violet, a única que soube desde o primeiro instante que ele não era o que aparentava. Mas ela tem apenas uma noite para extrair os segredos daquele homem perigosamente atraente. Seria ele um contrabandista? Um fugitivo? Espião das forças inimigas?

Violet precisa das respostas até o nascer do sol, mas seu prisioneiro prefere tentar seduzi-la a se confessar. Para descobrir o que ele esconde, a jovem donzela precisará revelar seus próprios segredos – e se abrir para a aventura, a paixão e o impensável amor.

Mas, cuidado! A heroína está armada, o herói prgueja em múltiplos idiomas e, juntos, eles aquecem uma fria noite de inverno.

LEIA TAMBÉM A SÉRIE CASTLES EVER AFTER

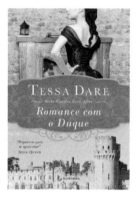

Romance com o Duque
Tessa Dare
Tradução de A C Reis

"Izzy sempre sonhou em viver um conto de fadas. Mas, por ora, ela teria que se contentar com aquela história dramática."

A doce Isolde Ophelia Goodnight, filha de um escritor famoso, cresceu cercada por contos de fadas e histórias com finais felizes.

Ela acreditava em destino, em sonhos e, principalmente, no amor verdadeiro. Amor como o de Cressida e Ulric, personagens principais do romance de seu pai.

Romântica, ela aguardava ansiosamente pelo clímax de sua vida, quando o seu herói apareceria para salvá-la das injustiças do mundo e ela descobriria que um beijo de amor verdadeiro é capaz de curar qualquer ferida.

Mas, à medida que foi crescendo e se tornando uma mulher adulta, Izzy percebeu que nenhum daqueles contos eram reais. Ela era um patinho feio que não se tornou um cisne, sapos não viram príncipes, e ninguém da nobreza veio resgatá-la quando ela ficou órfã de mãe e pai e viu todos os seus bens serem transferidos para outra pessoa.

Até que sua história tem uma reviravolta: Izzy descobre que herdou um castelo em ruínas, provavelmente abandonado, em uma cidade distante. O que ela não imaginava é que aquele castelo já vinha com um duque...

Diga sim ao Marquês
Tessa Dare
Tradução de A C Reis

Vossa Excelência está convidada a comparecer ao romântico castelo Twill para celebrar o casamento entre a senhorita Clio Whitmore e... e...?

Aos 17 anos, Clio Whitmore tornou-se noiva de Piers Brandon, o elegante e refinado herdeiro do Marquês de Granville e um dos mais promissores diplomatas da Inglaterra. Era um sonho se tornando realidade! Ou melhor, um sonho que algum dia talvez se tornasse realidade...

Oito anos depois, ainda esperando Piers marcar a data do casamento, Clio já tinha herdado um castelo, amadurecido e não estava mais disposta a ser a piada da cidade. Basta! Ela estava decidida a romper o noivado.

Bom... Isso se Rafe Brandon, um lutador implacável e irmão mais novo de Piers, não a impedisse. Rafe, apesar de ser um dos canalhas mais notórios de Londres, prometeu ao irmão que cuidaria de tudo enquanto ele estivesse viajando a trabalho. Isso incluía não permitir que o marquês perdesse a noiva. Por isso, estava determinado a levar adiante os preparativos para o casamento, nem que ele mesmo tivesse que planejar e organizar tudo.

Mas como um calejado lutador poderia convencer uma noiva desiludida a se casar? Simples: mostrando-lhe como pode ser apaixonante e divertido organizar um casamento. Assim, Rafe e Clio fazem um acordo: ele terá uma semana para convencê-la a dizer "sim" ao marquês. Caso contrário, terá que assinar a dissolução do noivado em nome do irmão.

Agora, Rafe precisa concentrar sua força em flores, bolos, música, vestidos e decorações para convencer Clio de que um casamento sem amor é a escolha certa a se fazer. Mas, acima de tudo, ele precisa convencer a si mesmo de que não é ele que vai beijar aquela noiva.

A noiva do capitão
Tessa Dare
Tradução de A C Reis

Madeline possui muitas habilidades preciosas: é uma excelente desenhista, escreve cartas como ninguém e tem uma criatividade fora do comum. Mas se tem algo em que ela nunca consegue obter sucesso, por mais que tente, é em se sentir confortável quando está cercada por muitas pessoas... Chega a lhe faltar o ar! Um baile para ser apresentada à Sociedade é o sonho de muitas garotas em idade para casar, mas é o pesadelo de Maddie.

E, para escapar dessa obrigação, a jovem cria um suposto noivo: um capitão escocês. Ela coloca todo o seu amor em cartas destinadas ao querido – e imaginário – Capitão Logan MacKenzie e convence toda a sua família de que estão profunda e verdadeiramente apaixonados.

Maddie só não imaginava que o Capitão "MacFajuto" iria aparecer à sua porta, mais lindo do que ela descrevia em suas cartas apaixonadas e pronto para cobrar tudo o que ela lhe prometeu.

Este livro foi composto com tipografia Electra LT Std e
impresso em papel Off-White 90 g/m² na Gráfica Paulinelli.